目次

登場人物

七木田《ななきだ》亜月《あづき》
就活に57連敗の後、あやかしクリニックに医療事務として就職。
守護霊は毘沙門天。

新見《にいみ》天護《てんご》
クリニックの院長。天邪鬼のクォーター。淡麗系メガネ白衣。

吉屋《よしや》尊琉《たける》
クリニックの理事長。貧乏神のハーフ。ホスト系イケメン。

春司《ハルジ》・アリムジャノフ
薬局の管理薬剤師。座敷童子のクォーター。アイドル弟系。

堤《つつみ》頼咤《らいた》
仲間と訪問診療を行っている医師。守護霊は持国天。

【第1章】幸せな時間

もうすぐ、診療受付時間が終わろうとしているのに。

時間ギリギリに診察券を差し出す、いわゆる「駆け込み」の患者さんがいない。

それどころか待合室はガランとしていて、すでに誰もいない。

最近よく思い出すのは、この「あやかしクリニック」へ面接を受けに来た日の光景。

「最初の頃は患者さん、ホントにいなかったよなぁ……」

あの頃は週休3日だったし、寮という名の2階で安楽な生活をしていた。

令和も平成も知らないんじゃないかというぐらい昭和で時間が止まっているタケル理事長に、銀座とか白金台とかの隠れ家レストランに連れ回され。

姉弟でも間違いなくそこまで一緒にいないだろうというぐらい毎日あたしの部屋へ入り浸《びた》る薬剤師のハルジくんと、毎晩ゲームをしていた。

テンゴ先生はお昼ご飯まで作ってくれる自炊系淡麗イケメン白衣の院長で超ラッキーぐらいにしか思っていなくて、まさかそれ以上の関係になるとは想像すらしていなかった。

それなのに、まず守護霊に毘沙門天《びしゃもんてん》がついていたのは完全に反則《ファール》だったよね。

あ、その前にみんな「あやかし」だったのを忘れてたや。

厳密には「あやかし遺伝子」を持つハーフやクォーターだけど、まぁそれも問題か。

それから救急車で妊婦さんの搬送というか緊急脱出みたいなことになったり、令和の改元で境界裂孔《ハイエイタス》が現れたり、テンゴ先生の深層心理にダイヴしたり、このご時勢に天然痘《てんねんとう》と攻防戦を繰り広げたり。

なんかいろいろ、フツーじゃないことがフツーに起こりすぎて麻痺《まひ》してたけど。

日常って、こんな感じでいいんだっけ。

「……長すぎる夢オチだけは、避けたいよね」

「締める？」

「へぁ――っ！」

いきなり背後であたしの髪を編み込もうとするテンゴ先生の指使いに、変な声が出た。

どこで勉強してきたんだか、最近「編み込み」がお気に入りらしく。

隙あらば髪に触らせてくれと頼まれるのも、外来がヒマなのがいけないのだと思う。

別にイヤじゃないし逆にウェルカムだけど、不意打ちはダメね。

首筋にめちゃくちゃ鳥肌が立ったからね。

「し、締めるって……何をですか」

「外来のレジ」

「え、まだ10分前ですよ?」

「そうか……」

「ダメです。患者さんにとって受付時間は、ものすごく大事なモノなんですから」

「……アヅキは、真面目だな。しかし、これほど新型コロ」

「あーあーっ! ダメです、ダメダメ。それ、口にしちゃダメな単語になりましたので」

「なぜ? いつから?」

「言霊《ことだま》ってあるじゃないですか。たぶんそれを口にすると、アイツらがいい気になるので言っちゃダメです」

もういい加減、あの新型ウイルス感染症にはウンザリだ。

この世界的流行を機に、世界はその様相をすっかり変えたと言ってもいい。生活様式、常識、マナー、社会形態、経済などなど、影響を受けなかったものはない。

「いい気に……しかしアイツらとは、新型コ」

「だから、口にしちゃダメですってば」

正直なところウチぐらいの小規模クリニックでは、受診する患者さんの数は減ってしまい、閉院に追い込まれたクリニックや診療所が山ほどあるのが現実で。

感染を避けるために受診しないというのは、ある意味では正しい判断だと思う。

逆に病床を持つ中規模以上の医療機関や高次医療を提供する病院ほど、多忙、危険、薄給で疲弊《ひへい》し、挙げ句に医療従事者への風評被害まで起こって破綻《はたん》している。

医療施設以外では飲食系が壊滅的で、老舗や美味しいお店の閉店が相次ぎ、それに付随した卸《おろし》や生産者の方々まで大ダメージを受けた。

コミケもライブも、修学旅行も運動会も文化祭も、なにもかもが中止。

そもそも、影響を受けなかった業種がない。

チャチな分子構造をしたウイルスのくせして、これはあまりにも許しがたい所業。

あいつらのこんな横暴を、あたしは許せなかったのだ。

「では、なんと呼べば」

「八田《はった》さんたちと考えて『彼の禍《かのか》』と呼ぼうかと」

「なるほど。それはなかなか、いい表現かもしれないな」

エラそうな名前なんて付けてやるから、いい気になるのだ。

あんなやつらなんて「彼の」ぐらいに呼んでやれば十分だ。

「それより先生、外来をもう閉めるって……なんか、急いでる用事があるんですか？」

「ＳＨＩＮＹＧＥＬからジェルネイルの新色が出たので、ちょっと試そうかと」

「女子か！」

「いや。ぜんぶ、アヅキ用だが？」

ですよね、だと思いました。

編み込みに目覚めた挙げ句にこの前から「ネイル」にもハマっているらしく、わりと本格的なセットが届いてからあたしの爪はピカピカのツルツルでキラキラだ。

なんだろうこの、触られるのが髪とか指先とかのモヤモヤ感。

どうせ触るなら、もっと他の場所が――って、あたしゃエロじじいか！

「ダァ――ッ！　こんなんじゃ、ダメだァ！」

「どうした、アヅキ」

「先生。いい機会だから、ちょっと聞いてみるんですけど」

「なるほど、それはとてもいいアイデアだ。ちょっと待ってくれ」

「あ、いや……そこまで深刻な話では」

「会話は、とても大事なことだから」

引っぱって来たイスが近すぎますよね、膝が当たってますよね。

そのうえ前かがみにのぞき込まれたら、もうヤバい距離ですよね。

「じゃあ、まぁ……ちょっと気になってた、先生の部屋の」

「中を見たのか!?」

「えっ!?　いやいや、見てないです！　勝手に入ったりしてないです！」

「そ、そうか。まだ完成していない上に、薬指のサイズも聞いていないので」

「……え？　薬指って？」

「エ……？」

部屋で、なにを作ってるんですか。

さすがに鈍いあたしでも、そこまでダダ漏れだと、ある程度は想像つくんですけど。

「じゃなくてですね。ドアです、先生の部屋のドア」

「木製だが？」

「いや、なにで作られているかじゃなくて……あの、ドアに吊り下げてるヤツです」

「プリザーブド・フラワーだが？」

広目天《こうもくてん》を背負っている千絵《ちえ》さんのガーデンウェディングで、なぜかブーケトスをキャッチしてしまった先生。

その意味を知ってから、大切に持ち帰って何か処理をしていたのは知っていたけど。

「なんでドアに吊るしてあるというか、固定してあるというか、一体化したというか」

「あぁ……あれは、その……あれだ。なんというか、たまたま読んだ本に、たまたま書いてあったものを、たまたま手持ちの花束があったので試したまでで、深い意味は」

そのたまたま読んだ本って、外来でもスキを見ては熟読していた『あなたも絶対結婚できる！　幸運を呼ぶためのおまじない１００選』ってヤツですよね。

はたから見てる方が恥ずかしくなるぐらい、隠す気なく読んでたヤツですよね。

エビデンス重視の先生が「おまじない」を信じるとは、思ってもいなかったです。

「あの、テンゴ先生……」

「なんだろうか」

編み込みやネイルは、新見天護版《にいみてんご》「恋人たちのスキンシップ」で間違いない。

部屋で「まだ完成していない」物というのは、たぶんそういう意味の指輪だと思う。

熟読してる「おまじない100選」は、先生にとって「ゼクシィ」の代わりかも。

それって、そういう「約束を告げる」準備はできているってことじゃないですか。

それなのに本人が無自覚なこれ、あたしはどう反応すれば？

「……あ、いや」

「なんでも正直に話して欲しい」

真顔の先生に見つめられて何も言えずにいると、奥からタイミングよく声がかかった。

「おい、おーい。なにやってんだよ、ロマンスの仏様どうもありがとうゴッコかァ？」

なんだかんだで、だいたい黒系スーツに赤いテラテラした襟シャツのタケル理事長。

なんとなく意味がギリギリわかるぐらいの平成テイストは、昭和からの脱却かも。

「タケル。それは、どういうルールの遊びなんだ」

「バカヤロウ。冬の恋人たちが、ゲレンデで歌いながら粉雪を振りまき合うんだよ」

「もうすぐ、ゴールデン・ウィークになるのだが？」

「いい加減、流行に敏感になれよ。それより、あの話だ」

「今から？」

「そうだよ。なんか用事でもあんのかよ」

「今日は外来を閉めたあと、アヅキと一緒に夕飯の買い出しへ行く予定がある」

え、そんな予定まで組んでたんですか？

さっき、ネイルがどうとか言ってたような気がしたんですけど。

「悪ぃな、亜月《あづき》ちゃん。ちょっとテンゴ、借りるぜ？」

「あ、どうぞどうぞ。あたしは別に——って、テンゴ先生⁉」

「俺はアヅキと一緒に買い物へ、行こうと思っていたのだが……」

もうヤだ、ここ泣くところ？

表情ひとつ変えずに涙だけ流すの、ヤメてもらえませんかね。

タケル理事長はわりと慣れてる感じですけど、あたしは慣れることはないと思います。

「おまえ、めんどくさいモードに入ったな？」

「……めんどくさい？　それは、どういうことだろうか」

「そういう、涙腺《るいせん》の密閉パッキンが壊れるモード。好きすぎて泣くモードのこと」

「そうか……そういうことか」

無表情に涙を拭《ぬぐ》いながら、なんでそこで納得できるんですか。

会いたくて震える人は知ってますけど、好きすぎて泣く人は見たことないですね。

いやもちろん、あたしはものすごく嬉しい&幸せすぎて震えるレベルですけどね。

「亜月ちゃんには、帰ってきたら聞いてもらうからサ。買い物はひとりで大丈夫だろ？」

「もちろん、ひとりで大丈夫——じゃないのは、テンゴ先生ですよね!?」

「あーっ、もう！　泣くなって、めんどくせぇ！　亜月ちゃん、買い物はヨロシクな」

ふたりは相変わらず仲良しで、この歳でも普通に肩を組んで奥へと引っ込んで行った。

できればあたしも、テンゴ先生やみんなと同じ時間の流れの中にいたい。

でもそれができるとは、とても思えない。

だってみんなはあやかしで、あたしは毘沙門天を背負っているとはいえ——ヒトだ。

「……実は泣くべきなの、あたしなんじゃない？」

そんな考えても仕方のない先の事まで考えてしまうのは、健康的ではない。

とりあえず外来を閉めて、買い物に行くとするかな。

先生が晩ごはんに何を作るつもりか、ぜんぜん知らないけど。

▽　▽　▽

淡麗系のイケメン院長を泣かせるほど、あたしに価値があるのか疑問に思いながら。

サニーモールを巡回したあと、愛用して手放せない「森永ｉｎゼリー」をこの界隈で一番安く手に入れるため、駅前のパチンコ屋跡地に入ったドラッグストアを目指している。

「たぶん先生は今日あたり、かぼちゃの煮物にする予定だったんじゃないかと思うんだよね。なぜなら、あたしが食べたいから——あっ、危ない！」

午後6時すぎの江戸川町駅前は、通勤戦士たちの帰宅で人が増えている。

そんな人通りの多いタクシー乗り場の手前で、手押し車のお婆さんが転んじゃった。

地面への直撃を回避できたのは手押し車のおかげだけど、あれこれ荷物は散乱。

派手に転んだわけでも身動きできないわけでもないせいか、わりと周囲は静観していた。

「大丈夫ですか？　どこか、痛みます？」

かぼちゃの入った重くて小さなマイバッグの紐が、肩にくい込んで揺れなければ、あたしだってもう少し俊敏に駆け寄れたはず——だと信じたい。

「あぁ、すいませんね……どうにも、膝が悪くて」

「あれ？　宮城《みやぎ》さんじゃないですか」

「あらやだ。先生んとこの、七木田《ななきだ》さんじゃないの」

さすがにマスクで顔が隠れていても、変形性膝関節症《へんけいせいひざかんせつしょう》で頻繁にうちへ通っている女郎蜘蛛《じょろうぐも》のハーフの宮城さんだというぐらいは、すぐにわかった。

お年寄りが転倒した場合、手をついた拍子に手首を骨折することが意外に多い。

シュシュッと手にハンディタイプのアルコール液を吹きかけて消毒し、宮城さんの両方の手首に触れながら痛み、腫れ、赤み、動かしづらさがないか確認する。

「ここ、痛くないですか？」

それぐらいの知識は外来で受付をしているだけでも身につくものらしく、そういう自分が自分でちょっとカッコイイと思うのだけど。

こういう時でもマスクとか手指消毒とか、真剣にめんどくさい時代になったものだ。介助してるんだから、さすがにソーシャル・ディスタンスはいいよね。

「ありがとう、大丈夫みたいよ――痛《いた》たたた」

「どこが痛みます？」

「膝じゃなくて……足首かしらね」

さすがにここから先は、あたしにはムリだわ。

どうすればいいか、テンゴ先生に聞いてみよっと。

「ちょっと、待っててくださいね」

「あらやだ。七木田さん、まさか先生に電話してるの？　もう、診察時間は」

「いいんですよ。今日、めちゃくちゃヒマでしたから」

ワンコールが鳴り終わる前に、先生が出た。

これもう、競技カルタのレベルでスマホをフリックしてない？

「どうした、アヅキ。そろそろ、サニーモールは出ている頃だが」

「……ドローン飛ばして、見てました？」

「いや、時間的に」

「あ、そんなことよりですね。実は今、駅前のロータリーで——」

タイミングを見計らったように、救急車が近づいてきた。

もちろん誰かが呼んだワケじゃなく、このあたりはわりと救急車の出動が多い。

甲高いサイレンは夏蓮《かれん》さんを運んだ時を思い出して、懐かしくもあるけど。

近くで聞くと、かなり脳を直撃する音域と音量だったことも思い出した。

叫んでも会話が成立しないレベルなので、通りすぎるまで待つハメになってしまう。

「——すいませんでした、近くを救急車が通っていたもので。って、先生？　あれ、切れた？　切れてないよね？　もしもーし。もしもーし、せんせー？」

「いいのよ、七木田さん。先生もお忙しいんだから」

「いやいや、絶対ヒマですって。泣くぐらいヒマですし、スマホは切れてないですし」

「大丈夫、大丈夫。ひとりで、立てるもの」

「あ、待ってください。手を貸しますので、まだそのままで」

とりあえず電話はかけ直すとして、まずは立位《りつい》までゆっくり介助したあと。

手押し車につかまっていられるのを確認して、散らかった宮城さんの落とし物を拾った。

「どうです？　足首は」

「歩けないほどじゃないけど、やっぱり痛いわね。捻挫《ねんざ》しちゃったかしら」

「うちでレントゲン、撮りましょう」

「ダメ、ダメ。もう診療は終わってるんだから」

「でもあやかしさんが行ける病院は、他にないですし……行けたとしても今日の夜間救急診療の当番って、たしか外科系は臨海町ですよ？　わりと遠いですよ？」

「親切に、ありがとね。でもバスで行けば、すぐだから」

「宮城さん。いま、通勤戦士たちの帰宅ラッシュなんです。臨海町方面のバス、そこそこ混んでますって。タクシーか……そうだ、八田さんに来てもらいましょうか。それで、うちでレントゲン撮ればいいんだわ」

「なに言ってるの。先生の執事さんを、タクシー代わりだなんて」

「あー、いや……まぁ、どっちかっていうと……今はあたしの、っぽいですけど」

「えぇっ？　もしかして、毘沙門天様の執事に抜擢《ばってき》されたの？」

なんて話をしていると、すぐ近くに黒塗りのワゴン車が急ブレーキで止まった。

「Go《ゴー》、Go《ゴー》、Go《ゴー》！」

ガコンと開けられたスライド・ドアから怒声と共に、ライフルを構えた真っ黒い重装備の特殊部隊っぽい姿が、腰を落としてわらわらっと飛び出してくる。

待ったなしで左右に広がり、人の多い駅前に安全な区域を確保すると。

「亜月様ァ――ッ！」

そのあとから飛び出して来た、インカムを付けた執事服。

だよね、どう考えても八田さんとその仲間たちじゃないかと思ってたけど。

「ご無事ですか、亜月様！」

「あたしは、無事も何も。ただ、こちらの宮城さんが」

「そちらのご婦人が⁉」

「そうなんですよ。転倒されて、足首が」

「負傷者《マンダウン》！　急いで車まで下げろ、急げ！」

「ちょ――待って、聞いて。たしかに負傷者ですけど、そんなに急がなくても」

「イージーに、イージーにだぞ！」

イージーになるのは、八田さんの方だと思います。

宮城さん、訳がわからず目が回ってるじゃないですか。

「あらあら、なにかしら？　どういうことかしら、どうなるのかしら？」

戸惑う宮城さんにふたりの屈強な黒ずくめが駆け寄り、肩に腕を回させたかと思うと。

手押し車ごとひょいと両端から抱き上げて、リクライニングな姿勢で真っ黒いワゴン車に運んで行ってしまった。

その間、数十秒。

「車はクリニックへ回せ！　こちらは亜月様を連れて、ポイントBから離脱する！」

駅前のポイントBって、どこよ。

ちょっと八田さん、落ち着いてってば。

「八田さ」

「マイキー、右はッ！」

「安全《セキュア》だ、親父《ダッド》！」

あー、あっちでライフルを構えてるのがマイキーさんなんだ。

「ダニーッ！」

「左、安全《セキュア》！」

だよね、だいたい兄弟でセットなのは知ってるけど。

この光景、テレビか何かのロケをしてるってことで通るかな。

誰かが画像を撮っても、鎌鼬《かまいたち》の翔人《しようと》さんが処理するだろうし。

あとはまた川姫《かわひめ》のハーフである姫川《ひめかわ》さんにお願いして、片耳の子ブタと一緒に見た人の記憶を消してもらうことになるだろう。

「ねぇ、八田さん！　聞いてくださいって！」

「亜月様！　すぐにここから離脱しますぞ！」

「だから、まず落ち着いて。あたしは元気だし、駅前はいつも通りでしょ?」

「しかしテンゴ院長先生から、緊急《エマージエンシー》ボタンの信号が届きまして」

「え……あのボタン、先生も持ってるんですか?」

「亜月様が、救急車で運ばれるような深刻な事態に陥っていると連絡が」

そうか、それで電話の途中で声が聞こえなくなったのか。

なんだろう、心配してくれるのは嬉しいんだけど——早とちりも、程度問題だよね。

「それで、八田さんがここへ」

「上空からの監視では、この人混みで音声がクリアに拾えなかったもので」

「待って、待って! 先生がボタンを押す前から、見てたってことですか⁉」

「もちろんでございますが、なにか?」

参ったな、やっぱりドローン系の何かが飛んでたよ。

最近、八田さんの過保護っぷりもひどくなる一方で。

ドローンを飛ばしていい区域と高さで行政や航空局とモメた挙げ句、カラスに各種高感度センサーを取り付けるのはアリかナシかで、この前から議論は泥沼化しているらしい。

「なにか、じゃないです。この光景を見られた人の記憶を——って、今度は何の音⁉」

今は亡き暴走族ばりの爆裂《ばくれつ》排気音で、うるさすぎるバイクが近づいて来た。

まだ完全に日が落ちてない黄昏時《たそがれどき》に、駅前でなにやっちゃってんの。

「よぁ――ッ⁉」

遠目にもマッドがマックスな感じのバイクが1台、駅前の広場へ乗り上げて来た。

見たこともない俗悪なシルエットだし、なぜか砂まみれ。

しかも乗っているのがまた、前にテンゴ先生と観た映画に出ていた人にそっくりで。

赤く染めたモヒカン頭に、薄い眉とギラギラした吊り目で人相は最悪。

大柄な上半身は革製のプロテクターで覆われているけど、肌色成分もわりと多めで。

革パンツにブーツ姿で、ガチムチ系の筋肉も普通に露出している。

「濃いなぁ……今日はなんか、短時間にいろいろ要素が詰まりすぎてるなぁ」

「アヅキ！　大丈夫か！」

「ええっ！　テンゴ先生なの⁉」

俗悪モヒカンの後ろから、白衣を翻《ひるがえ》してテンゴ先生が颯爽《さっそう》と飛び降りてきた。

なになに、なんで先生が俗悪な世紀末バイクに乗せてもらってるわけ？

「無事だったか！」

「ふぇ――っ⁉」

先生に両肩を掴まれてマジマジと顔を見つめられたあと、思いっきり抱きしめられた。

「電話の途中で救急車のサイレンが聞こえたもので……心肺停止ものだったぞ、アヅキ」

「……心配の字、間違ってませんか？」

今度は頭からつま先まで隅々を観察され、触られ、ケガの有無を確認された。

「俺も可能な限り、全速力で走って来たのだが」

すいませんでした先生、大人を全速力で走らせるなんて許されざる行為ですよね。

ただ、それとあのモヒカンさんはどう繫がるんですか？

「で……なんで、あの人のバイクに？」

「あぁ、もうすぐ逢魔時《おうまがとき》なので」

「……すいません、ぜんぜん繫がらないです」

「黄昏時、暮《く》れ六《む》つ、酉《とり》の刻《こく》。遥か昔からこの午後6時前後の昼と夜が移り変わる時、並行分離している時空が絡み合い、異界《いかい》の門が開く。事件や事故も起こりやすい時刻だと、昔は言われていたものだ」

「あ、なんか聞いたことありますけど……だから、あのモヒカンの方がどう関係を？」

「あの人は大禍時《おおまがとき》の始祖《オリジン》で、ウェズ・大間《おおま》さん。ここへ来る途中に偶然会ったので、乗せて来てもらったというわけだ」

ちょっと頭の中で整理してみたけど、話が繫がるようで繫がらない。

「……え？　逢魔時って、時刻のことなんですよね？」

「そう。だからあの人は、逢魔時のあやかしである大禍時の大間さん」

軽くゲシュタルトなんとかしたけど、要はあやかしの始祖《オリジン》ということだけは理解した。

見れば赤いモヒカンのてっぺんまで、輪郭がキレイに点滅している。

現代社会に馴染もうとした結果があの姿なら、ちょっと難ありのあやかしだろう。

「ど、どうも……はじめまして、七木田亜月です」

「カハァ――ッ！」

いやいや、なんで大口を開けて威嚇《いかく》されなきゃならないのよ。

この始祖《オリジン》、言葉は通じるのかな。

「大間さんは異界の門を安全に管理している、門番《ゲートキーパー》なのだが――」

「堅苦しいな、Dr.新見。ウェズでいい、カハァ――ッ！」

ずいぶん擦れた声だけど、なんで先生にまで目を剥いて威嚇してんのよ。

まさかそれ、大禍時の挨拶なの？

「――失礼。ウェズさんが言うには、今日は駅前あたりで門が開きそうだと」

「へぇ。決まった場所に開くわけじゃないんですね」

「日本全国津々浦々、どこでもありだ。それゆえ見回りがとても大変で、始祖《オリジン》のウェズさんや、そのお子さんやお孫さんたち、その下の世代に加えて協賛のあやかしたちで作る『全国大禍時共済組合グース・ライダーズ』さんにお任せしている次第だ」

「共済組合って……ウェズさん、公務員扱いなんですか？」

「うちのクリニックも、協賛という形で支援させていただいている」

そんな分かるようで分からない話をしていると。

なぜか真顔の八田さんとM&D兄弟が足早に、あたしたちを取り囲んで壁を作った。

「どうしたんですか、八田さん。緊急ボタンは先生の早とちりで」

「亜月様、テンゴ院長先生、お下がりください。『門』が開くかもしれません」

「急にですか!? 今まで江戸川町駅前で、見たことも聞いたこともないんですけど!」

思わずテンゴ先生の顔を見あげると、スッと表情が消えていた。

「異界の門は何度か見たことはあるが……開くところは、俺も経験がない」

「えぇっ! 先生でも、その程度の知識なんですか!?」

モヒカンのウェズさんがバイクから降り、左腕に装着されていたプロテクターのレバーを外すと、それは音を立てて両弓を広げたボウガンに変形した。

そしてバイクの横に挿していた大きな蛮刀を右手にすると、やたら気合いを入れていた。

「カハァ――ッ! 這《は》い出られると思うなよ!」

ノーヘルで、西口のロータリーまでバイクを乗り入れたことだけでもヤバいのに。

危険の代名詞にもなったボウガンと、絶対に刃渡り5.5センチ以上ある蛮刀。

そしてまっ赤なモヒカン男が革製プロテクターに身を包み、あろうことか大股で駅西口のエスカレーターに向かって悠然と歩き始めた。

これはもう職質《しょくしつ》の前に、即逮捕されるレベルだ。

「先生。これってヒトに見られたら、かなりヤバいですよね。わりと逮捕ですよね」

「大丈夫だ。あやかし遺伝子を持たない者は、この空間には巻き込まれない」

「この空間？」

「アヅキ、まわりを見ろ」

その瞬間、世界を動かしていた駆動音が停止したような気がした。

あたしたち以外の人影が消えてしまったのは、ラッキーだけど。

この世の色彩は失われ、周囲はモノクロになった。

「なんです、これ……」

「ここは今、異界との境界世界となった。そして、あれが異界の門だ」

先生が指さしたのは、改札に繋がる西口の階段とエスカレーター。

その最上段には何をモチーフにしたのか分からない、歪《いびつ》なフレームの歪な門があった。

「……門からは、どんなあやかしさんが出て来るんですか？　悪いヤツなんですよね？」

「残念だが這い出して来るのは、そもそも『あやかし』ですらない」

「あやかし、じゃない……？」

テンゴ先生にかばわれながら、ジリジリとあとずさりしていたのに。

いきなり見えない壁に、ドンと弾き返されてしまった。

たぶんここが異界の境界線で、ここからは出られないということなのだ。

「あやかしたちとは、少なくとも意思の疎通——あるいはあやかしの存在理由に対して、ある程度は納得ができるものだ。たとえその存在の起源が怒りや憎しみ、悲しみや怨念《おんねん》であっても、善《よ》し悪《あ》しは別として『理解はできる』だろう」

言われてみれば【領域別あやかし図説】を読んでいても、そのあやかしさんの起源に目を通せば「あぁ、そういう背景があるんだ」と理解や納得はできる。

「しかし異界の門から這い出すのは『異形《いぎょう》』だ」

「異形……って、なんですか？　いわゆる怪物《モンスター》みたいなものです？」

「俺も、見たことはないのだが。ヒトとは一切の意思疎通ができず、理解や納得のできる存在理由も一切ないらしい」

「理不尽すぎますね！」

「そう、まさに理不尽。異形にあるのは純粋な悪意だけ。その悪意を向ける理由もなければ、悪意の背景もない。そして相手も選ばず、満足することもないので、終わりもない」

それを聞いて、あたしの首から腰まで鳥肌が駆け抜けた。

そんな存在、あり得るのだろうか。

「八田さんは、見たことあります？」

「グース・ライダーズとは何度も共に行動しておりますが……異形はこの世で『滅《めっ》してもよい』唯一の存在だと言えます」

その低く重い声で思い出したのは、ひょうたん小僧の福辺《ふくべ》。

あいつが瓢箪《ひょうたん》に魂を入れて作り出した歪な塊が、あたしにとっての異形だったけど。

――必要なのは滅することではなく導くこと。

そう言って、仙北《せんぼく》さんも八田さんも『滅する』ことはなかった。

「マイキー、ダニー。殺生弾《せっしょうだん》を使え」

あたしたちの壁となり、銃口を西口エスカレーターに向けていたM&D兄弟。

八田さんは自らも八咫烏《やたがらす》のナイフを抜き、ふたりに指示を出した。

「やっべ……アニキ、やべぇって……殺生弾だってよ」

「Oh《おう》、やべーな、これ」

殺生弾がどんなものかは知らないけど。

ふたりが動揺しながらライフルの弾倉を換えているところなんて、見たことがない。

そして八田さんは、奮《ふる》い立たせるように声を荒げた。

「息子たちよ！　おまえらは、何者だ！」

我に返ったように、マイキーとダニーは肩と頬にライフルを硬く構えてそれに答える。

「オレたち、スクワッド《S》・オブ《O》・プリンセス《P》――」

「――亜月様が地獄に咲く花をご所望とあらば、笑って摘みに参《ムーブ》ります」

「OK。逢魔時が終わるまでの時間、ここを死守する――行くぞ！」

大禍時の大間さんを頂点とする陣形で、西口エスカレーターへと向かう八田さんたち。

この空間で、あたしにできることはないのだろうか。

こんな時こそ、あのバカ仏が出て来るべきだと思うのに、少しも出て来る気配がない。

「うわっ！　なにこれ、次はなに⁉」

今度は足元の空気が、西口のエスカレーターに向かって急速に流れ始めた。

しかもそれはドライアイスのように、地を這いながら波打っているのが見える。

そしてこんなに余裕のないテンゴ先生を見るのも、初めてかもしれない。

「これは……まさかこれが、ヒトの『負の渦《オド》』というものなのか？」

そのまま一気にエスカレーターを上って行った白い霧は、門に流れ込む——いや、門が意思を持って吸い込んでいるようだった。

「オド⁉　なんですか、それ！　先生、今度は何なんですか！」

ぐっと抱き寄せられたテンゴ先生の腕に、力が込められる。

存在すら知ることのなかった、逢魔時の異界の門。

そして異形に、ヒトのオド《負の渦》——。

ただ、買い物に出かけただけなのに。

あたしは先生の胸に、顔をうずめることしかできなくなっていた。

▽ ▽ ▽

外来に戻って入口の鍵を閉め、ソファにぐったりと座り込んだ瞬間。

体中の緊張が、ようやくつま先から溶け出すように抜けていった。

「んなぁ……んだったんですか、あれは……」

「アヅキ、疲れただろう。これを飲んで、しばらく座って動かないように」

「あ、すいません」

手渡されたのは、あたし愛用の森永「inゼリー」と大塚「ポカリスエット」。

ぶしゅっとinゼリーを10秒チャージしてポカリをひとくちガボッと飲むと、ふたつの補液が体へ染み渡るように広がっていくのが体感できた。

ということはあたし、低血糖か脱水に傾いてたのかな。

テンゴ先生はいつもの淡麗な表情に戻っていたけど、他のみんなも疲れ果てている。

武器を下ろして黒いヘルメットを取っても、珍しくM&D兄弟はなにも話さない。

八田さんですら呼吸を整えるように、何度もゆっくり肩で呼吸をしている。

終始なにも変わっていないのはただひとり、大禍時のウェズ・大間さんだけ。

「カハァ――ッ！　門が開かないとは、まったく運の良いことよ。なぁ、毘沙門天の」

無意味に威嚇しながら隣に座られて、ボフッと砂ぼこりが舞ったけど。

ウェズさんのおかげで何とかなった感があるので、それぐらいはヨシとしたい。

けっきょく先生が「オド」と呼んだドライアイスのようなものを轟々と吸い込んだだけで、いつ這い出してくるか戦々恐々《せんせんきようきよう》としていた「異形」は異界の門から現れなかった。

その門を、恐れを知らないウェズさんがバンッと閉めて終了。

たったそれだけの出来事なのに、みんなのハンパないこの疲労感はなんだろう。

M&D兄弟はフル装備の抗弾ベストを脱ぎ、ついに待合室の床へ座り込んでしまった。

それを見たテンゴ先生が、優しく肩を叩いて声をかけている。

「ふたりとも、アヅキを守ってくれてありがとう」

「とんでもねぇっ！　オレらSOPだし、あ、当たり前のことを——なぁ、アニキ！」

「先生《ドク》……これ、使命《ミッション》……誇り《プライド》なんで」

「本当に感謝している。だからふたりに、処置室で点滴をさせてもらえないだろうか」

「オレとアニキに……点滴《DIV》？」

「What《なんだって》？」

ふたりは顔を見合わせて困っているけど、八田さんも不思議そうに首をかしげている。

「テンゴ院長先生。大変有り難いお言葉なのですが……このふたり、親のわたくしが言うのもアレですが、部隊の中でも群を抜いて」

「八田さん、ふたりが屈強で優秀なのは知っている。だがそれは、通常時においてだ」

「通常……？」

「オドとは、ヒトの負の感情――怒り、悲しみ、妬《ねた》み、嫉《そね》み、そしてやり場のない憤《いきどお》り、そういったものが凝縮されて半実体化し、ヒトから染み出たもの。それがあの逢魔時の境界世界には充満していた」

「確かにあれほどのオドが駅前で実体化していたこと自体、想定外ではありましたが」

「そしてある一定時間以上オドに曝《さら》されると、脱水、低血糖、塩分喪失が急速に進むことが、あやかし医学会では知られている。たとえるなら、無自覚の熱中症だろうか」

「この疲労感……身に覚えがあると思っておりましたが、まさか熱中症とは」

「しかも最近、オドに曝され続けることによって、セロトニン、ノルアドレナリン、ドーパミンなどの神経伝達物質が減少する症例が、数多く報告されている。これは極端に言うと、鬱《うつ》状態になるということだ」

「わたくし共も異界の門とは数多く対峙して参りましたが……そのようなこと、以前からございましたでしょうか」

「いや。アヅキが言うところの『彼の禍』以来、急激に報告が増えた。それだけ現代のヒトはオドに満ちているということで、それが江戸川町駅前では顕著だったのだろう」

「なるほど。あれだけの通勤者で混雑する路線ですから、オドの量もそれ相当に」

「そのオドが、異形を増やす餌になるのだが……」

先生が言うことの全部は理解できなかったけど、雰囲気だけはなんとなくわかった。

ヒトの負の感情――怒り、悲しみ、妬み、嫉み、そしてやり場のない憤り、そんなものに長く接していれば、こっちも巻き込まれて気が滅入ってくるのは当たり前で。

それはSNSでネガティヴ・ワードや災害情報ばかり見ていると、直接関係ないはずなのに、いつの間にか気分がどんよりしてくるのと同じだろう。

そんなオドが異界の門へと吸い込まれていった、あの光景。

それは理不尽な悪意の塊である異形が、ヒトのオドを餌として吸い込んでいたのだ。

「先生……なんだか今までになく、タチの悪いヤツが出て来ましたね」

ソファに座って、先生と八田さんの話を聞きながら。

ｉｎゼリーとポカリだけで頭がシャキンと回復してしまったあたしは、何なのだろう。

ちょっとヒトとしてどうかと思っていると、奥からタケル理事長が姿を現した。

「おー、テンゴぉ。大変だったらしいなぁ」

「タケル、大禍時のウェズさんだ。いつものアレを」

「わかってるって。どうも、ウェズさん。相変わらず、俗悪なファッションですね」

「カハァ――ッ！　そちらも変わりないようだな、貧乏神の」

「これ。銀行は通さず、手渡しの方がいいっしょ？」

いかにも分厚い札束が入ってそうな封筒を、慣れた感じで手渡すタケル理事長。銀行を通さないというあたりが、テンゴ先生と観たことのある犯罪映画と同じだった。

「ほう……多めなのは意味ありか？　貧乏神の」

チラッと封筒の中身を見た隣のウェズさんが、これまたそれっぽいことを言うし。

紙幣番号がバラバラかどうか、確認したりしないでしょうね。

「ウチもグース・ライダーズの協賛企業ですから？　それぐらいのことはしないとねェ」

髪をかき上げながら気だるげに言うタケル理事長が、さらに怪しさを倍増させていた。

「ではありがたく、組合員のガソリン代に使わせていただくとする」

「その代わり、江戸川町周辺《このあたり》は『よしなに』お願いしますよ？」

「昔気質《かたぎ》なヤツよの」

豪快に笑うと、なにごともなかったようにクリニックを出て行ったウェズさん。

そんな裏取引みたいなことを済ませると、タケル理事長はざっと周囲を見渡していた。

「テンゴ。八田さんのチームが運んで来た、女郎蜘蛛の宮城さん。元気そうだけど診察室のベッドに横になってもらって、レントゲン待ちしてるから」

「そうか。すまない」

「そこの特殊部隊ブラザーズには、点滴するんだろ？」

「そうだが？」

「ふぃーっ、亜月ちゃーん。向こうで、コーヒーでも飲まねぇか？」

めちゃくちゃ異常事態だと思うんだけど、ひとりだけ妙に余裕があるのはなぜだろう。

逢魔時とか、異界の門とか、オドとか、異形とか。

先生たちが処置室に消えると、タケル理事長はひと息ついて襟シャツのボタンを外した。

「テンゴ院長先生まで……なんとも親子そろって、お恥ずかしい限りでございます」

「では、八田さんと息子さん方。こちらの処置室で、点滴をするので」

「じゃあ命令だ、理事長命令。ほら、テンゴ。さっさと、みんな連れて行ってくれ」

「しかしそのような体たらくで、執事と呼べましょうか」

「いいからたまには親子水入らず、点滴しながら処置室でひと休みして帰りな」

こういう時、タケル理事長は絶対と言っていいほど適切な指揮官《コマンダー》になる。

いつもチャラチャラして、テキトーそうに見えるクセに。

いや——八田さんが何度も深呼吸していたのを、タケル理事長は見ていたのだ。

「ですがこの通り、体はピンピンしておりますぞ」

「なに言ってんの。息子より若い親父なんて、再婚でもしなきゃあり得ないだろォ？」

「タケル理事長先生、お言葉ではございますが。この八田孝蔵《こうぞう》、まだまだ若い者には」

それを聞いた八田さんは、かなり動揺していた。

「八田さんにも点滴してやってくれよな」

「え？　あ……じゃあ、あたしが淹れますね」

「おう。さんきゅー」

髪をくしゃくしゃっとされ、子供扱いされるのが悔しいようなホッとするような。

とりあえずキッチンでくつろいでも良さそうな雰囲気なので、移動することにした。

「タケル理事長は、あんまり危機感がないんですね」

「なにが？」

「駅の西口に、異界の門が現れたんですよ？」

キッチンのテーブルにドカッと座ったタケル理事長は、別に気にした風もない。

あたしがコーヒーを淹れるとは言ったものの、全自動の「ネスカフェ　ゴールドブレンドのバリスタ　デュオ」なので、ポチッとボタンを押すだけ。

タケル理事長にはブラックを、あたしは自分用にカフェラテを淹れて向かいに座った。

「逢魔時に異界の門に出くわす確率なんて、横断歩道を青信号で渡ってたのにダンプが突っ込んで来たけど間一髪で避けたところへ雷が落ちてくるレベルだろ？　そんなの、いちいち気にしてられっかよ」

「そんなレア確率、簡単に引くモンですか？」

テンゴ先生も門は何度か見たことがあるけど、開くところは経験がないと言っていた。ましてや異形にいたっては、見たこともないと。

「それぐらい、引くときゃ引くでしょ。それより今、ちょっと困ったことになっててな」

「それよりって、ホントに軽く流してますけど」

「だから、シリアスになるなってば。交通事故の現場を見たぐらいに思ってればいいの」

「ホントに、そんなモンなんですか？　なにか不吉な予兆とかじゃないんですか？　ウェズさんだって、めちゃくちゃ世紀末っぽい雰囲気の始祖《オリジン》だったじゃないですか」

「世紀末って、亜月ちゃん歳いくつだよ」

「いや、テンゴ先生とそういう映画を観たことがあるので」

「だいたい、ノセタラダマスの予言はハズレたんだぞ？」

「予言がハズレたのは知ってますけど、タケル理事長の記憶もハズレてないですか？」

「もう、いいから。それより、大事な話があるって言ってるの」

「お金の話ですか？」

「なんでよ」

「さっき、ウェズさんに裏金を渡してたじゃないですか」

「裏金じゃねぇよ、協賛金。そうじゃなくて、分院の『あやかし訪問クリニック』院長をどうするかって話なんだけどさ」

「なんですかそれ、初耳ですよ！　あやかしクリニックって、分院があったんですか⁉　いつから？　どこに⁉」

異界の門に続いて、またもや不意打ちだけど。

分院の話は、異形と同じレベルで聞いたことがなかった。

「いや。まだないし、話すのも今日が初めてだけど」

「……はい？」

「岩手県の遠野《とおの》あたりに作る予定なんだけどさ。院長が、どうにも決まらないんだよ」

「いつの間にそんなお金を？　まさかタケル理事長」

「ヤメなさいってば、そういう疑いの目でオレを見るのは。だいたい、言い出しっぺは亜月ちゃんだぞ？」

「……はい？」

「おいおい。それ、真剣に言ってる？」

「え……あたしが、分院を作れと？」

いくら考えても、そんな大それた新事業をあたしが提案するとは考えられない。

タケル理事長、その歳でボケたとか？

いや、実年齢は知りませんけど。

「出たよ。忘れてるよ、この娘《こ》は。オレのことテキトー男とか、呼べないだろ」

「いやいや。あたし、そんなこと言いましたか？　いつ言いました？」

「言ったよ。石垣《いしがき》島から帰ってきたら、急に目覚めた感じで言いました」

「あ――」

「オレからクレジットカードを取りあげて『もう一軒、あやかしクリニックが建てられるかもしれないじゃないですか』って言いました」

「――言いました、ね。思い出しました、はい」

石垣島での百鬼夜行《ひやっきやぎょう》で、毘沙門天が顕現したあと。

思い出したわ「財宝富貴《ざいほうふうき》を司《つかさど》るとは」なんて言ってたわ。

「なんだよ。せっかくマジメに、コツコツと財《ざい》テクしてたのに」

「す、すいません……まさか本当にもう一軒建てられるほど、うちが黒字だとは」

「まぁクリニック以外の収支でも、がんばったからね。貧乏神の、このオレが」

「……どこの国のカルテルと、取引したんですか」

「なんだよ、カルテルって！　合法だよ！　いいから、本題に入らせてくれってば！」

「すいません。タケル理事長、マジで何やってるか分かんないところがあるんで」

「分院ってのはさ――」

やっぱりタケル理事長はチャラいようで、チャラくなかった。

今回の「彼の禍」で、今後は「あやかし患者さんが病院へ通院する」以外に良い医療形態がないものか、ずっと考えていたらしい。

実際にリモート診療やリモート処方なんて、少し前までは考えられなかったのに、今では普通のシステムとして広く受け入れられている。

それを含めて、あやかし医療過疎地である東北に、新しく分院を建てようと考えた時。タケル理事長の出した答えは、やはり「訪問形態」だったという。

「――リモートであらかじめ診察しておけば、受診させて処置しなきゃいけない患者か、行って対応できる患者か分かるだろ？　そのあたりの技術は、翔人に任せりゃいいし」

「翔人さんの技術なら、リモートなのに聴診もできそうですよね」

「すでに心拍、血圧、体温、酸素飽和度なんかの非接触計測システムは頼んであるんだ」

「もう？」

「ちなみに超音波検査機器《エコー》なんて、民生品《みんせいひん》でもどんどん小型化してるしよ」

「あー、たしかに。この前、医療機器の営業さんが持って来てましたね」

「処方だってアプリで処方箋《しょほうせん》を写メで送って、紙処方箋はあとから速達で送ったりさ。薬剤自体も宅配したりするのが、普通になってきたじゃん？　それって薬局業務も、リモートと分業ができるってことじゃん？」

「それは何回か受付でも、対応してるかどうか聞かれましたね」

「そしたらクリニックは設備の整ったベースキャンプで、そこから必要な職種のヤツが患者宅に向かうのがベストだろ」

「患者さんの負担は、すごく減りますね」

「ぶっちゃけ、こっちから空を飛んで行った方が早い時ってあるじゃん」

「けど、診られる患者さんの『数』は少なくなりませんか？」

「医療過疎は、カバーする土地面積と人口に対して『医療機関』と『医師』が少ないってことだ。東北は広大な土地に患者が散らばっているだけで、患者の絶対数は多くない」

「ですよね。都市部に比べれば、人口自体が多くないですもんね」

「運搬関連で天狗《てんぐ》や鳥系のあやかしたちと提携すれば、広大な土地も狭い峠道も直線距離で考えられる。それに時には、看護師だけ行けばいいとか……極端な話だと『置き薬』だけでいい時とかも、あるんじゃないかと思ってな」

「置き薬……富山《とやま》の？」

「あれ、いいシステムだよ。今でも『配置薬《はいちやく》販売業』って残ってるぐらいだし」

「そうなんですか？」

名前だけは聞いたことのある「置き薬」だけど、まさか業者として残っていたとは。

「置き薬の内容を第1類医薬品メインに変えたりとか、保険診療で出した処方薬を置き薬としてストックしてもらったりとかすれば、どの薬を飲めって指示するだけで済むだろ」

「あー、理事長。そのあたりのグレーなこと、医療事務をやって覚えましたね？」

「てへ」

なにかあると特定の症状が現れることが分かっている患者さんには、受診時にその症状がなくても、テンゴ先生は「予備薬」として処方することが多い。

中にはそれをストックしている患者さんもいるけど、厳密にはグレーなやり方。

だけど保険診療請求の時に「保険病名《レセプト》」がちゃんと付いていて「処方日数」に重複《ちょうふく》や過誤《かご》がなければ、この世界では誰からも後ろ指を指されることがないのが事実だ。

「まぁ……査定で引っかからなければ、普通にできますよね」

「もちろん、コンプライアンスのいい患者に限られるけどな」

患者さんが症状を伝え、ある程度の診察はリモートで行う。

そして置き薬で管理可能と判断すれば、どれを飲めばいいか指示すればいい。

足りなければ処方箋を出して、薬は宅配で届ける。

もちろん処置が必要であれば、患者さん宅に出向く往診という形にすればいいのだ。

「タケル理事長。なんか、やれそうな気がしてきました」

「いやいや、やるんだって。もう、大半は決まってるの」

「え？」

「ちなみに、院長も『候補』は決まってるんだけどさ」

「ならあたし、することないじゃないですか」

「なんか知らんけど、ヘソ曲げてんだよね。その院長候補が」

「へそ曲がりっていう、あやかしさんですか」

「普通の……っていうほど普通じゃねぇけど、持国天《じこくてん》を背負《しょ》ってる医者なんだわ」

「あー、なるほど——って、四天王の持国天ですか⁉」

「そうだけど」

「軽《かる》っ！　今日の理事長、大事なことを軽く言いすぎてません⁉」

「よせよ、照れるじゃないか」

今までのことを考えれば、驚いて当たり前だと思う。

あたしの毘沙門天は、石垣島での百鬼夜行でようやく顕現。

芦萱《あしがや》先生は増長天《ぞうちょうてん》を背負ってるなんて少しも知らず、ただ巻き込まれて強制顕現。

広目天は捜しに捜して、ようやく千絵さんが背負っていることを突き止めてからも、疱《ほう》瘡神《そうがみ》に追い詰められるまで延々と顕現しなかった。

「だってもう、背負っているのは確実なんですよね？」

「会ってきたし、間違いねぇってば」

「えぇ——ッ⁉　どこの誰かも、ハッキリわかってるんですか！」

「ホワイト・ジャック、なんて呼ばれてるらしいけど……なんでそんなに食いつくの？」

「なんか今までと違って、流れがやたらスムーズすぎてですね」

「そう？　院長をすんなり受けてくれないあたり、暗雲が立ちこめてると思うけどナ」

「いきなり院長を頼まれたら、誰だってそうですすよ」

「いやぁ……ためらうってレベルじゃなく、あれは拒絶だわ。かなりいい条件で、かなり低い姿勢で打診に行ったんだけどさぁ。断り方がともかく『ヘソを曲げてる』としか思えないのよ。なんて言うか……理不尽？　ご無体《むたい》？　そういう感じ」

「そこまで……なら別の方を捜すしか、ないんじゃないですか？」

「けど、持国天を背負ってる医者だぜ？　そいつと知り合いになれば、ついに四天王がそろうワケじゃん。それこそ、流れ的にはベストなオファーじゃない？」

「四天王がそろったら、どうなるんですか？」

「いや、知らんけど」

「また、そんなノリで頼んだんですか……だいたい、今のお仕事だってあるでしょうし」

「使役《しえき》してる眷属《けんぞく》と3人で、気ままに東北をキャンピングカーで回ってるんだぜ？」

「え……なんですか、その自由人たちは」

「そこでだ――」

あ、いやな予感がする。

っていうか、これこそ流れ的にあたしの出番が来てもおかしくない。

だって相手はもう、持国天を背負ってると分かっているワケで。

四天王、最後のひとりなワケだし。

「――亜月ちゃん、説得してきてくんねぇかなぁ」

「ですよね、そうきますよね……」

「だって、相手は持国天よ？　ヘソを曲げた仏様よ？　そんなタチの悪いヤツを、貧乏神ごときが説得できるかっての」

　ここは四天王同士でお願いします、というのは筋が通っている。

　ただ冷静になってみると、わりと怪しい感じは否定できない。

　仲良し眷属たちと3人組でキャンピングカー暮らし——と言えば、響きはいい。

　キャンプ・ブームに乗った、自分時間を大切にしている生活と言えなくもないけど。

　要は住所不定なわけで、それで無職だったら目も当てられない3人組になってしまう。

「まぁ……あたしからも、話ぐらいはしてみますけど」

「マジで？　いやぁ、助かるわ」

「でも一応、あたしにだって受付の仕事があるんですよね」

「ほら、今度のゴールデン《G》・ウィーク《W》があるじゃん」

「えーっ、休日出張ですか？　それ、理事長命令ですか？」

「あ、悪い。やっぱ何か予定、あるよな？」

「……いえ、言ってみただけです。予定、何もないです」

「待て待て、真剣に何もないのかよ。なんかテンゴとふたりで——んっ？」

「は——っ！」

タケル理事長とふたりして、ほぼ同時にキッチンの入口を振り返った。

そこにいたのは、魂の抜け殻のようになったテンゴ先生。

今にも膝から崩れ落ちそうなほど弱々しく、ゲンナリと壁にもたれかかっている。

「ど、どうしたよテンゴ。おまえも、オドにやられてたのか？」

「タケル……なぜ、俺から……」

「は？　なに言っちゃって——おいっ！　大丈夫か、テンゴ！」

「先生⁉」

首をうなだれたまま、テンゴ先生がズルズルっと膝から床に崩れ落ちた。

さすがに慌てたタケル理事長が、駆け寄って肩を貸している。

あたしは立ち上がったものの、なにをどうしていいやらサッパリだ。

「タケルだけは……俺の味方だと、信じていたのに……」

「待てよ、味方とか何の話だよ！　いいからまず、しっかりイスに座れって！」

「先生、どうしたんですか！　やっぱり異界の門で⁉」

なんとかイスに座らせたものの、先生の体は力が入らずグニャグニャ。

視線は彼方を向いたまま、まさに黄昏れていた。

「どうすればいい⁉　おい、テンゴ！」

「アヅキがいなければ……それは、俺にとって……ただの、ウィークではないか……」

「……あぁ？」

「……先生？」

「俺は……ともかくやたらと、考えていたのだ……いろいろと、ゴールデンな……アヅキとの、ウィークを……」

すべてを理解したのか、呆れたのか、たぶんその両方だと思うけど。

タケル理事長はヤレヤレな顔をして、テンゴ先生の介助をやめた。

「あー、はいはい。つまり、こういうことね――」

それでも先生にコーヒーを淹れてあげるあたり、やっぱり優しいのだけど。

大丈夫かな、テンゴ先生って本当にオドにはヤラれてないのかな。

「――GWに亜月ちゃんと何をしようかどこに行こうか、いろいろ考えてたら考えすぎて止まらなくなってまだ決まってないけど、頭の中にはいっぱいあると。そういうこと？」

「タケル。やはり分かっていて、それでも……俺からアヅキを」

「おまえのめんどくさいモード、マジでめんどくせぇよな。だいぶ思い出してきたわ」

え、これってまさか例の「好きすぎて○○モード」のこと？

そんな虚脱して、立っていられない衝撃とかあり得るんですか？

「たのむ、奪わないで欲しい……俺の、ゴールデンを……」

「わかったから、泣くなって。ほら、コーヒーでも飲んで落ち着け」

「……泣く、とは？」

また表情ひとつ変えず、テンゴ先生の頬をひとすじの涙が伝っている。

嬉しいやら恥ずかしいやら、あたしはどうしたらいいんですかね。

重すぎて嬉しいと感じるあたしも、それはそれでアレな女ですかね。

その姿を見たタケル理事長は、なんか色々と諦めた感じで大きなため息をついた。

「よし。今年のGW、ウチは11連休だ。それを使って、ふたりで旅行してこい」

11連休に耳を疑って、思わずカレンダーを見てしまったけど。

飛び石に挟まれた1日と2日間の合わせて3日間も、休診にするということになる。

「しかし、タケル……」

「キニスンナ。そこはオレの判断でよ」

「いや、そうではなく」

「はぁ？　11連休でも、まだ文句あるのかよ」

「その旅行の主たる目的は、分院の院長説得であって」

「あーっ、もう！　違う、違う！　主たる目的はおまえらの旅行で、院長の説得はその片手間っていうかオマケだ、オマケ」

「そうか。主たる目的は、俺とアヅキの旅行なのだな？」

「そうそう。ついでにちょっと、オレが雑用をお願いしただけなの」

「だそうだ。よかったな、アヅキ」

テンゴ先生、めちゃくちゃ瞳がキラキラしてますね。

これって涙じゃなくて、喜びの輝きですよね。

「タケル理事長……なんか、あたしからもすいません」

「いいよ。テンゴのこういうモード、超久しぶりに見たし」

「では、アヅキ。早速だが、俺の考えた最高のGWプランについて説明したいと思う」

部屋から持って来た付箋《ふせん》だらけの観光ガイドを積み上げ、先生のプレゼンが始まった。

カフェオレを飲みながらそれを聞くあたしは、最高に幸せ者だ。

そしてこの瞬間が永遠に続けばいいと願っているのも、間違いなくあたしだった。

▽　▽　▽

旅行は行くまでが楽しい、なんて実感したことがなかった。

楽しい時間は早く経つもので、出発はもう明日。

中学、高校とも、修学旅行は班決めで行く前からぼっち確定の孤独な旅だったたし。

大学の卒業旅行なんて、就活57連敗中なのにそれどころじゃなかった。

そして大人になった今——爺やと彼氏が、こんなにモメるとは思ってもいなかった。

「テンゴ院長先生。八田孝蔵、本日は最後のお願いに参りました」

「八田さんにはとてもお世話になっているのだが、今回ばかりは」

キッチンのテーブルで向かい合い、珍しく八田さんもイスに腰を下ろしている。

めったに同席をしない八田さんにとって、これは異例の真剣さを示すものでもある。

隣に同席した彼氏を爺やに認めてもらっているこの感じは、なんだろうか。

「どうしても……考え直してはいただけないでしょうか」

「それに、これはアヅキと決めたことでもあるので」

チラリと投げかけられたテンゴ先生の視線を受けて、あたしはうなずくしかできない。

これであたしも何か言えば、八田さんを孤立無援にするようで気がひけていた。

「クッ——それでは、どうしても」

「俺は、そうしたいと思っている」

またチラリと投げかけられる、テンゴ先生の視線。

そうです、あたしもそう思ってますから。

「どうしても、わたくしどもの同行は認めていただけないと」

今度は八田さんから、チラリと視線が投げかけられる。

まぁ普通、ふたりで旅行すると言ってるのについて来ちゃダメじゃないですかね。

八田さんのなんか色々とお世話したい気持ちは、ものすごくありがたいんです。

今までの流れから、ものすごく理解もできるんです。

でも、今回ばかりは「ふたりきり」にさせてください。

同行するわたくし「ども」の人数にも、わりと問題があるように思いますし。

「では、移動手段も」

「俺はドライブがいいと思っている」

「旅の道中をも楽しまれるご予定、でございましょう。ならばこそ、わたくしが運転を」

「いや、運転は俺が」

「なぜ、でございますか？」

「だから、ふたりでドライブ旅行をするわけで」

「ならば車中での会話やよそ見が、容易に事故の原因になり得ます。楽しい時間を過ごすためにこそ、わたくしが運転をするべきではないかと」

「いや、八田さん。俺はアヅキと、ふたりだけで旅行したいので」

「どうしても……考え直しては、いただけないでしょうか」

「それに、これはアヅキと決めたことでもあるので」

そして最初に戻るというループを、ここ数日ずっと繰り返している。

外来が暇ということもあり、時にはお昼の休憩にもやっていた。

前日ということもあってか、今日なんてこれで2度目の直訴だ。

「テンゴ院長先生。この八田孝蔵、厳罰を覚悟でおうかがい致します」

「いや、罰したりする必要はないと思うが」

「なぜそこまでご自身で運転されることに、こだわられるのでございましょうか」

「そうだな、あえて言うなら……アヅキのすべてに対して責任を持ちたい、だろうか」

「と、申されますと？」

「つまり握るハンドルと踏むペダル、車間や背後をミラーで確認する視線から、次のサービスエリアまでの距離と時間配分の把握、室温と湿度の調整まで——俺の一挙手一投足のすべてに、アヅキへの生命的な責任を感じていたい、ということだと思う」

重《おも》っ！

先生、そんな重い理由で「ふたりきりのドライブ」を希望したんですか！

いやまぁ、嬉しいっちゃ嬉しいんですけどね。

なんかこう「ふたりきり」って、他の大事な意味もあると思うんですよ。

「なるほど。そのお気持ち、痛いほど分かります」

「そうか。それは良かった」

あ、八田さんには理解できるらしい。

八田さんって、日頃からそういう感覚であたしのそばに居てくれてるんだ。

誕生日にはぜひ、日頃の感謝を込めて何かちゃんとした物を贈らなきゃね。

「ではせめて、お車の種類はご提案させていただいても？」

「エ……？」

思わず先生と顔を見合わせてしまったけど。

やっぱり先生も、嫌な予感がします？

「こんなこともあろうかと、すでに手配してございます」

「いや、八田さん。そこまでは」

「裏に回してございます。どうぞ、こちらへ」

八田さんのあとに続きながら、裏口から出た瞬間。

ちょっとあたし、八田さんの過保護をナメてたかもしれない。

さすがのテンゴ先生も、啞然としていた。

「……エ。俺が、これを？」

裏口に止められていたのは――これ、車と呼んでいいのだろうか。

タイヤの大きさがあたしの胸元まであり、背伸びして両手を伸ばしてようやく運転席のドアに届くぐらいの車高をした、まっ赤な巨大装甲車。

恐る恐るすれ違っていく普通車の2倍は背が高く、分厚く、長さも1.5倍。

さすがに銃器は据え付けられていないものの。

これではふたりのドライブ旅行ではなく、国境への派遣旅団というイメージだ。

「南アフリカ製の装輪《そうりん》装甲車、マローダー。車体は二重化された応力外皮構造《モノコック》で、防弾能力と対地雷《じらい》防護能に優れ、世界で最も止められない車両とも呼ばれております。これでしたら万が一の事故の際にも、おふたりの安全を保障できますので」

たぶん正面衝突しても相手の車を踏み潰してしまうので、ノーダメージだろうけど。

それはそれで許されない行為じゃないですかね、八田さん。

「いや、そもそもこれは……日本で乗ってもいい類のものだろうか」

「政府機関以外には販売をしておりませんが、そこはご安心ください」

全然ご安心できませんね、それでもなぜかナンバーは取得できたみたいだけど。

だいたいこれ、乗り降りするだけで軽いエクササイズ状態ですよね。

1日乗り降りしてたら、たぶん太ももとかパンパンになるレベルですよね。

「それにずいぶん車長もあるが、この後ろの部分は」

「元は8名の兵員を輸送するスペースでしたが、昨今の流行りを取り入れ、キャンピングカー仕様に変更してございます。車外にタープでも張って満天の星空を眺めれば、いつでもどこでも素敵なキャンプ生活が楽しめるようになっております」

それ、なんとなくサバイバル的な雰囲気になりそう。

いやサバイバルじゃなくて、やっぱり危険地帯への派遣っぽくて仕方ないんですけど。

「八田さん。気持ちは大変ありがたいのだが、俺はもっと……こう、別の車がいいかと」

「お気に召しませんでしたか？」

「きっと他の目的ならば、これに勝る車――というか、装甲車はないと思う」

「では、ドライブ向きではないと……」

明らかに、八田さんがしょげている。

ドライブ向きじゃないのは、カタログの時点で分かりそうなものだけど。

これは八田さんの、純粋なご厚意。

これ以上、一生懸命な八田さんの心を踏みにじりたくない。

「あの、八田さん？　テンゴ先生には、きっと好きな車があるんですよ。ね、先生」

「そうだな。アヅキを助手席に乗せて走るところを、何万回も脳内でシミュレーションした車が、確かにある」

「……それ、初耳なんですけど」

「俺はドアが羽のように上がる、オレンジ色のふたり乗りスポーツカーで――」

「オレンジ!?　スポーツカーですか!?」

「――最高速度が100キロぐらい出るやつが、いいと思っている」

やっぱり最後は安全運転なんですね。

確かに100キロ以上出す必要はないですけど、そんなスポーツカーがありますかね。

「かしこまりました。手配いたします」

「そうか。助かるよ、八田さん」

あるんだ、そんな超安全仕様のスポーツカー。

あたしもう、いちいちツッコミを入れるのはヤメにしますね。

そんな八田さんの極大な気遣いを、どう扱っていいか困っていた時。

巨大装甲車の陰から、相変わらずのデコ出しにスーツ姿――柚口《ゆぐち》刑事が姿を現した。

「すいません、新見先生。裏口から失礼します」

「どうした、柚口刑事。朝陽《あさひ》くんのことか」

だいたい柚口刑事が、慌ててうちのクリニックに来る時――ましてや裏口までわざわざ先生を捜しに来たのは、おそらくお子さんの朝陽くんのことだろうとあたしも思った。

「朝陽も夏蓮さんも元気にしてます。今日うかがったのは、先日の逢魔時のことで」

「逢魔時……あぁ、あの時のことか」

意外にも、朝陽くんは関係なかったけど。

それだけしか話していないのに、なぜか八田さんはすべてを理解したようで。

すすっ、とテンゴ先生と柚口刑事の間に体を入れて割り込んだ。

「柚口様、申し訳ございません。テンゴ院長先生と亜月様は、明日から長期休暇で東北に出かけられます。その件に関しましては、よろしければわたくしが承りますが」

「あ、逆に助かります。息子さんたちにも、お話をうかがいたかったので」

キョトンとするテンゴ先生は、なんとなく不安そうだった。

「柚口刑事。俺はいいのだろうか」

「とりあえず……大丈夫、です」

そうかな、やたらと八田さんの顔色をうかがってないですか？

タケル理事長があまりにもあっさり話を流したから、そんなモンかと思ってたけど。

やっぱりあれって、大変な出来事だったんじゃないの？

「あの、柚口刑事。あたしもあの場に居合わせたんですけど」

「あーっと……とりあえず、大丈夫……です、はい」

ほら、また八田さんの顔色をうかがってるじゃないですか。

八田さん、無言の圧力をかけすぎじゃないですか？

「それでは、柚口様。どうぞ、こちらへ」

「すいませんね、八田さん。実は今度、江戸川警察署内にあやかし捜査局《ABI》が設置されることになりまして――」

遠のいていく話し声に、聞き慣れない単語が混ざっていた。

その響きには、なんとなく物騒な印象があるのだけど。

「テンゴ先生。本当にあたしたちは、いいんですかね」

「俺は、オレンジのスポーツカーがいいと思っているのだが」

「いや、車種じゃなく」

「那須《なす》アルパカ牧場もはずせないと思っていたが、サファリパークだけで十分だろうか」

「いやいや、観光地じゃなく」

ダメだ、すでに先生の頭の中はゴールデンに輝いて止まりそうにない。

心配そうに柚口刑事の後ろ姿を見送っていると思った、あたしの間違いでした。

「アヅキ。俺は大丈夫だと思う」

「え、なにがですか？」

「せっかく、初めてふたりきりで旅行ができるわけで。こんな時ぐらい、八田さんに甘えても、俺はいいと思う」

「ですかね……」

「なにか、八田さんにお土産を買って帰ろう」

「……ですね」

いつの間にか腰に手を回されて、ちょっと舞い上がっている自分を認めながら。

わりと八田さんには、甘えてばかりではないかとも思ってしまった。

▽　▽　▽

混雑を避けるという意味で初日をはずした、GW2日目の平日金曜日。

あくまでもオマケのミッションである、持国天を背負った院長候補「ホワイト・ジャック」さんを説得するため、岩手を目指す旅——という名の、ドライブ旅行に出発した。

「先生！　天気、最高ですね！」

「そうだな。非常にドライブに適した、晴れ具合だ」

「これだけ空がキレイだと、つい浮かれてしまいますよね！」

あたしは今、ドアが羽のように開くオレンジ色のスポーツカーの助手席にいる。

運転席でハンドルを握っているのは、白衣を着ていないテンゴ先生。

もちろん車内は、あたしとテンゴ先生だけ。

八田さんが運転する黒塗りの高級車の後部座席じゃないだけで、こんなに新鮮だとは。

「そうか……浮かれているのは、俺だけではないのだな……」

「え、どうしました？」

「いや。もうすぐ、海が見えるだろう」

江戸川町から東北を目指すのに、なぜ海が見えるのか。

正確には道路の知識がこれっぽちもないあたしが、臨海公園《りんかいこうえん》だって近いのだから高速道路に乗る前に「車の窓から海が見える」的な経験ができると思い込んでいたからで。

わざわざ首都《しゅと》高湾岸線《こう》を通って海を横目に、東京外環《がいかん》自動車道を経て、埼玉の川口《かわぐち》からようやく東北自動車道に入るという、わりと遠回りをしてもらうことになったのだ。

「あっ、先生！　海がきらめいてますよ!?」

「サングラスも用意してあるが」

「もったいないですって。や、ちょっと窓を開けてもいいですか？　あ、首都高だから開けちゃダメですかね。ちょっとだけ、ダメですかね」

「いや、かまわないと思う」

ボタンを押してシューッと開いた窓から、車内にぶわっと風が舞い込む。

乱れた髪もそのままに、子供のようにはしゃぎたくなってしまった。

「やばっ！　なにこれ、もう楽しいんですけど！」

「そうか。楽しめば、いいと思う」

びょーっと吹き込む風に音を遮られながら、車内にはテンゴ先生のいい匂いが舞う。

そんな先生の無造作ヘアがさらに乱れていたけど、それはそれでまたいい。

「すいませんね！　なんかあたし、バカっぽくないですか!?」

「いや、とても可愛いと思う」

「えぇっ!?　風で——なんて言いました!?」

「いや、特に……普通のことなので、気にせず」

いつまでも開けているわけにもいかず、残念だけどこのあたりで閉じるとして。

先生は乱れた髪も気にせず、安全第一でハンドルから手を離すつもりはない。

ちょっとそれ、可愛いですけど「アホ毛」みたいにも見えるので。

「先生。前髪だけ直しますよ？」

「――ッ⁉」

横から手ぐしで整えようとしたら、メガネの奥で先生の目がカッと開いた。

おまけに、耳までまっ赤だ。

「なんか、目に入りました？」

「いや……ど、どうということはない」

「あ、すいません。運転の邪魔でしたね」

「まったく、それはなんともない。本当に、それは気にしなくていいので」

「……はぁ」

なにこれ、照れてるの？

ちょっと分かりづらいけど、たぶんそうじゃないかな。

「アヅキ。外環に入ったので、あとは埼玉の川口を抜ければ東北道だが」

「あたし、そのあたりの道路事情は疎《うと》くて」

「久喜《くき》で『塩あんびん』買う？」

「なんですか、それ」

「埼玉県北東部に伝わる郷土のお菓子らしいのだが」

「……とりあえず、埼玉は抜けませんか」

「ではその後の予定だが、一瞬だけ群馬をかすめて栃木に入ることになる」

「了解《コピー》、先生《ドク》！」

敬礼してＭ＆Ｄ兄弟のマネをしてみたくなるぐらいには、楽しくて仕方ない。

それを横目で見て、あっけにとられていたテンゴ先生だけど。

「ふはっ――」

その2秒後には、淡麗な顔をくしゃくしゃにして笑みを浮かべていた。

先生のこんなに楽しそうな表情は、本当に久しぶりに見た気がした。


そのままオレンジ色のスポーツカーは、北へ北へと進み。

宿泊予定地である那須高原、の手前でなぜか「日光東照宮《にっこうとうしょうぐう》」へ寄ってしまった。

東北道からはずれること片道30分ぐらいだし、よく聞く場所というだけの理由――。

「とりあえず、極彩色《ごくさいしき》の木彫り像はいい感じでしたね。特に『見ざる、言わざる、聞かざる』は、やはり逸品でしたし」

「アヅキはあれ以外、あまり興味はなさそうだったが」

「まぁ、寺の娘ですから？　機会があれば、見るだけ見ておけって言われてたので」

「ふふっ――そういう理由も、悪くないな」

「ねー。道草してる感、いいですよね」

ハンドルを握る先生と、目が合って笑い合う。

ただそれだけなのに、楽しくて仕方ない。

「鬼怒川《きぬがわ》方面の『とりっくあーとぴあ日光』は、寄らなくて良かったのだろうか」

「あー、あれはなんか……うん、また今度でいいかなと」

「そうか。では昼食に、栃木名産の『しもつかれ』を考えていたのだが」

「いやいや、ないですね。それはないです」

「そ、そうか。では『しもつかれ』はナシで」

けっきょく先生の調べ尽くした資料によると、矢板《やいた》の名産はりんごで、上河内《かみかわち》は餃子、あるいはいちごのアイスになってしまう。

那須塩原《しおばら》で降りようかとも言われたけど、塩原ダムを越えてからが勝負みたいな土地柄だったので、やはり目的地の那須インターチェンジで降りてお昼にしたのだけど――。

「いや、おいしかったですし……オシャレな高原カフェでしたけど」

「そうだな。なにかこう『栃木感』や『那須感』がなかったと言えばいいだろうか」

「あれですかね。前に流行ってた『ていねいな暮らし系』ですかね」

「まぁ、おいしかったということで」

どこもそんな感じだったので、ランチを食べながら話したのは最初のアクティビティ。

それでも決めかねるぐらい行ってみたい所がたくさんあるので「とちおとめスムージー」を飲みながら、スポーツカーのボンネットに地図を広げて作戦会議だ。

「ここが今、我々のいるポイント。インターチェンジから降りて、わりとすぐだ」

「とりあえずあたし『那須ステンドグラス美術館』には行きたいんですよ。そこって、なんちゃら礼拝堂となんちゃら礼拝堂があるんですって」

名前はよく覚えていないけど、ステンドグラスと礼拝堂なんてロマンチックすぎる。

できるならその荘厳《そうごん》な空間で、ふたりきりの結婚式的な雰囲気にひたりたい。

「それは、ここからかなり距離があるな」

キュイッと丸印をつけた位置は、確かにもう高原沿いだ。

でも問題は、それだけじゃなかった。

「先生！　そういえばこのエリアには、猿パークと、サファリパークと、アルパカパカパカークがあるんでしたよね!?」

「パカーク？　距離的に近い順だと『那須ワールドモンキーパーク』がここ、『那須サファリパーク』はここ、『那須アルパカ牧場』がここで、『那須どうぶつ王国』がここだ」

「これは……意外に那須がありますね」

「意外に距離がある、という意味でいいだろうか」

軽く「那須」がゲシュタルトなんちゃらしてきたけど、負けずに絞らなければ。

この那須高原には、渋めの温泉宿に1泊する予定。

温泉に入って浴衣を着て部屋で先生とふたりきりの会席料理とか、それだけでもテンションは爆上《ばくあ》がりなのに、パーク多すぎ問題まで浮上してきた。

時間は止まってくれないのだから、ぜひとも効率よく、かつ十分に堪能したい。

「ずいぶん、牧場や動物系に行きたいのだな」

「東北ニュージーランド村、好きでしたからね」

「ここからの途中に『那須とりっくあーとぴあ』もあるが」

「あー、あれはなんか……って先生、トリックアートが好きなんですか？」

「いや、別に。ただ、アヅキが驚いて喜ぶかと思い」

「けど先生、それを見たら絶対『あれは錯視《さくし》で――』って解説を始めますよね」

「可能な限り黙っておくつもりだが」

彼氏が冷めた目で医学的に説明してくれるトリックアートで写真を撮るほど、虚しくなることはないだろう。

ともかく、あたしは先生と一緒に楽しみたいのだ。

「ではここの『那須高原りんどう湖フォレスト牧場』はどうだろうか」

「あぁっ、まだ牧場がある……迷う、これは迷う……ん？　先生、ここは？」

「この『那須・ホースパーティ』？　乗馬クラブだと思うが」

「えっ⁉　それって、体験乗馬とかできるんですかね」

「馬に乗りたいのか」

「いやいや。あたしじゃなくて、先生が馬に乗ってるところを撮りたいんですよ」

「俺……なぜ？」

「だって、もしもですよ？　その牧場に白馬がいたら、どうするんですか」

「どうする、と言われても」

「そんなのに先生が乗ったら『白馬の王子キター』じゃないですか！　撮りたい、撮りたい、それ絶対に画像と動画で残したいです！」

「アヅキも一緒に乗ればいいと思うのだが――」

それ、もっとヤバい。

白馬の王子があたしをさらっていくシーンなんて、実現不可能な超ロマンでしかない。

「――すべて予約制だそうだ」

「イヤァァァ――ッ！　あたしの夢がァ――」

「それならこの『ホースクラブ ライディング那須』では、初心者ＯＫでホース・トレッキングができるそうだ」

「あ、そこ行きましょう！　はい決定、はい出発！」

「それだとアヅキがはずせないと言う、那須ステンドグラス美術館を通り過ぎるのだが」

「イヤァァ――ッ！　それもあたしの夢ェ――」

「ふふっ。まだどこにも行っていないというのに、楽しそうだな」

「す、すいません……つい、あたしばっかり」

テンゴ先生に、軽く頭をポンポンされてしまった。

我ながら上がりすぎたテンションに、恥ずかしくなってしまうけど。

この止められない感情を、どうすればいいというのか。

「いや。そういうアヅキを見ていられることが、俺にはとても幸せなことなので」

不意に笑顔でそんなことを言われ、思わず心臓がバクンと血液を吐き出した。

先生は「楽しい」ではなく「幸せ」だと言ってくれる。

実はそう言ってもらえる、あたしが一番幸せ者だということを忘れてはいけない。

▽　▽　▽

まっすぐ続く、ロイヤルロードと名づけられた並木道。

そこをオレンジのスポーツカーで走れば、気分はもう別世界。

那須ステンドグラス美術館は、美術館というよりイギリス郊外にある貴族の館だった。

ただその隣にある「那須高原セント・ミッシェル教会」は、ちょっと心臓に痛すぎた。

「──先生！　あれ、ガチの結婚式場だったじゃないですかァ！」

次の目的地、那須どうぶつ王国&那須アルパカ牧場を目指してハンドルを握るテンゴ先生も、わりと顔が引きつっている。

「そ、そのようだったな……」

「めっちゃ、やり場のない居心地《いごこち》でしたね！」

「……確かに、まぁ」

照れる先生をようやく説得して、礼拝堂の中で「ふたりきりの密《ひそ》やかなる挙式ゴッコ」をしようと決めていたのに、行ってみればガチのチャペル・ウエディング真っ最中で。

爽やかなウェディングドレスとタキシードが眩しい新郎新婦を遠巻きに見ながら、わけもなく「おめでとーう」と拍手喝采《はくしゅかっさい》して終わった。

挙げ句にスタッフさんに見つけられ「チャペルは30分貸し切りでサプライズ・プロポーズもできるんです」と満面の笑みで教えられたけど、それもうサプライズにならないし。

「やっぱり、動物ですよ。もふもふ」

「それがいいだろう。少なくとも、心臓には悪くないと思う」

そうしてやって来た那須どうぶつ王国にはまず、広大な自然の中にインドアな飼育建物が連結され、カピバラや狼や熱帯動物などと触れ合う「タウン」エリアがあり。

そこから遥かに広がる敷地にアルパカ、カンガルー、馬に羊と、仕切りはあるけどわりと好き放題に飼育されている「ファーム」エリアで構成されていたのだけど――。


「――あそこで『羊の毛刈りショー』をやってたら、東北ニュージーランド村を思い出さずにはいられないところでした」

「どうだったろうか。もふもふ具合は」

再びハンドルを握って次の目的地を目指している先生に、少し心配されている。

たしかに満面の笑みで駆け回りたくなる、アルプスの少女気分にはなれなかった。

「ええ。もふもふ率は、わりと高かったですけど」

「アクアステージのオットセイには、間に合わなかったが」

「……大丈夫です。高原でオットセイというのも、アレなんで」

分かりづらい表現をすると、小岩井《こいわい》農場に動物飼育施設ができた感じ。

網張《あみはり》温泉に、なぜかペンギンやオットセイがいたと言えなくもなかった。

東京生まれで東京育ちなら、きっと大喜びしたと思うし、おそらくバーベキューガーデンには絶対に行くと思う。

でもあたしは東北生まれの東北育ちで、小学校の授業に「スキー」があったんです。

なんていうか、大自然慣れしているせいか既視感がありすぎたんです。

「アヅキ、どうだろう。ここはあえて、那須サファリパークまで戻るというのは」

「ダメです。ホースクラブライディング那須は、きっとあたしを裏切りません」

「その自信は、どこから」

「白馬の王子が、あたしを待っているからですよ！」

もう白馬じゃなくてもいいから、ともかくテンゴ先生が馬にまたがっている姿を見たい。

できればあたしも一緒に、お姫様的に乗せてもらいたい。

その切なる思いが天に通じたのか、後ろのアイツが叶えてくれたのか。

いましたね、白馬。

そしてテンゴ先生、颯爽と乗りました——ひとりで。


「——痛たた」

「アヅキは、あれで良かったのだろうか」

ちょっとお尻がヒリヒリする中、再びオレンジ色のスポーツカーは次の地を目指す。

「まぁ……馬に、大人がふたり乗りしちゃダメですよね」

「観光地では、安全第一なので」

それはインストラクターのおっちゃんに連れられて、馬にまたがって雄大な那須高原を

2時間ぐらい満喫する、初心者歓迎のトレッキングコースだった。

白馬の王子様に連れて逃げてもらうお姫様の設定は無理だったけど、王子様と護衛のおっちゃんが準備してくれた馬に乗って、草原を旅する逃避行《とうひこう》設定は維持できた。

つまり、ひとり1頭だったのだ。

「それより先生、なんで乗馬3級のライセンスなんか持ってるんですか」

「なんで……そうだな。思い出せば、だいたいそれぐらい馬に乗れるといろいろ便利だと、ずいぶん昔にタケルに言われたのがきっかけだったと思う」

それ何時代ですか、どこで馬に乗るつもりだったんですか、とは聞けなかったけど。

とりあえず、あたしの最大目標は達成することができた。

白馬に乗ったテンゴ王子が手綱を握って見おろす構図は、スマホの壁紙確定だろう。

惜しい、あたしが一緒に乗っていれば完璧だったものを――。

「――あぁっ、先生！」

「ど、どうした」

那須のガイドブックは、まだあたしを見捨ててはいなかった。

「那須高原りんどう湖フォレスト牧場、乗馬で『相乗り』ができますよ！」

「……さっきまで馬に乗っていたと思うのだが、大丈夫なのか？」

「相乗りですよ、相乗り。キタコレ、やっぱり那須はあたしの夢を叶えてくれるんだわ」

「ふっ――」

「あ……先生はもう、馬は飽きましたよね」

「いや。まったく問題ないし、楽しくて仕方ないのだが」

「でもあたし、先生の意見を全然きいてないですから」

「そうではなく。あれだけ『お尻が痛い』と言っていたので」

「な――」

そりゃあ痛いですよ、最後の方はわりと拷問かと思ってましたよ。

でもですね、何も犠牲を払わずに得られるものなんてないんです。

「――大丈夫です！　せ、先生さえ良ければ！」

「俺は大丈夫だが？」

「あーっ、これは1日じゃ足りないですね。時間が経つの、早すぎますって」

「そうだな。俺も、これほど過ぎ去って欲しくないと願った時間はないだろう」

「いやだなぁ。先生、それはちょっと大袈裟《おおげさ》じゃないですか？」

「それに、これほどアヅキを近くに感じられることが、なにより嬉しい」

「近くって……一緒の家に住んでますし、わりと一緒に映画とか観てるじゃないですか」

「あれはあれで、とても楽しい時間だが……」

そう言ってハンドルを握ったまま、テンゴ先生は少し何かを考えていた。

道の両端からせり出した木々の枝が作る、トンネルのような一本道。

日の光を遮《さえぎ》られたまま、オレンジのスポーツカーは暗がりをひたすら進んで行く。

「……思えばアヅキとふたりきりでどこかへ出かけるのは、これが2度目。葛西臨海《かさいりんかい》公園を入れて、たったの2度しかない」

「そう、ですね。考えてみれば、あれこれあった気はするんですけど」

「実際に、色々あったわけで。アヅキがうちに就職して、柚口刑事にバレたり、令和の改元で境界裂孔《ハイエイタス》が現れたり、アヅキが俺の深層心理にダイヴしたり、疱瘡神が甦《よみがえ》ったり」

「ですよね。なのにテンゴ先生とは、これが2度目なんて――」

なぜ今こんなことを考えたのか、理由はわからなかった。


――あたし、あやかしクリニックに来て何年目？


ただ、なんとも言えない不思議な感覚に陥ったのだけは間違いない。

「本当に今日、俺は楽しい1日を過ごしている」

「よ、よかったです。てっきりあたしだけ、はしゃいでるのかと」

木々のトンネルを抜けても、そこはまるで森の中。

これほど空が開けていない道だと、夕方なのか夜なのか混乱してしまうほどだった。

「とてもアヅキが近くて、とてもアヅキを色濃《いろこ》く感じる」

「え……濃い？」

先生も楽しんでくれていて、なによりなんだけど。

さっきから先生の言っている意味が、少しずつ分からなくなってきた。

ずっと運転させて、好き放題に連れ回して、ちょっと先生を疲れさせてしまったかも。

「先生。もう宿に行って、温泉にでも入って、ゆっくりしましょうか」

「ん？　那須高原りんどう湖フォレスト牧場で、相乗りをするのでは？」

「いやぁ。よく考えたら、馬にまたがって雄大な那須高原を2時間パカパカしたわけじゃないですか。今日はもう、そんなに時間が――」

森を抜けると、そこには日射しの眩しい青空が広がっていた。

その光景は何かが明らかにおかしいと、あたしに訴えかけている。

「――え？」

那須インターチェンジを降りて、ゆっくりお昼を食べた。

そのあとステンドグラス美術館の礼拝堂で、チャペルウエディングに出会った。

そこからしばらく車を走らせ、那須どうぶつ王国に着いたら施設内を1周して。

ライディング那須で馬に乗って、2時間ばかり高原をトレッキングしたはず。

それなら今、何時なの？

小さな腕時計の針は、午後2時15分を指しているのだけど。

「時間なら大丈夫だ。宿は残念ながらキャンセルしたが、八田さんがキャンプ用具も積んでくれているので」

「いや、先生……キャンセルって、そこまでしなくても……まだ」

まだ、お昼の2時だと言っていいのだろうか。

あり得ない、今がこんな時間であるはずがない。

「アヅキ。時間の速度は、誰にでも同じではない」

「……はい？」

「それを理解してもらうのに、ちょうどいい時が来たのだろうな」

時間の流れ方が、ヒトによって違う？

待って待って、それはさすがにないですよ先生。

「先生、あれですかね。そういう、時間を司るあやかしさんがいて」

「いや、それは存在しない」

「でもほら……大禍時のウェズさんとか、異界の門とか、急に現れたから」

「彼はただのゲートキーパーで時間に干渉はできないし、異界の門も関係ない」

「じゃあ……今、本当にお昼の2時なんですか？」

「そうだ。ただし、時計をよく見て欲しい」

その間違い探しに、あたしはすぐ気づいた。

「えっ、あれ……え、えっ！　嘘でしょ⁉」

日付は１日進み、連休３日目の土曜日になっている。

つまりいつの間にか、明日の午後２時になっていたということだった。

▽　▽　▽

ゴールデン・ウィークの有名温泉街で、土曜日の当日に空いている宿なんてなく。オートキャンプ場のスペースですら、流行りのせいで一杯になる寸前だった。

「なんとか日が沈む前に、設営は間に合いましたね」

「まさに逢魔時になってしまったが……すまない、手伝わせてしまって」

「いえいえ。キャンプで完全にお客さん扱いだと、それはそれで寂しいですし。さすがにひとりじゃ、ロープも張れないじゃないですか」

「だが八田さんが、ここまでキャンプ道具一式を入れてくれているとは」

このスポーツカーの後部も隙間女《すきまおんな》さんの手が加えられており、必要な物はだいたい八田さんが準備してくれていた。

「帰ったら『そんなこともあろうかと』って、きっと喜びますよ」

水は買ったし、炭はなかったけど焚《た》き木はそこら中で拾えた。

ナイフの背で擦るとバチバチッと火花が散る棒も入っていたので、綿毛のような火種から徐々に枯れ枝に火を大きくしていく作業は、わりと育てゲーに近くて楽しかった。

最後に屋根だけの「タープ」をオレンジ色のスポーツカーから張り出し、すぐ近くにはテントも張った。

折り畳みの簡易テーブルとディレクターチェアを広げ、まだ肌寒い4月の那須高原の夜も、これで暖かく楽しく過ごせる。

「温泉宿は残念でしたけど……なんかこっちも、いい感じですよね」

「そうだな。アヅキとキャンプをする方が、会席料理や温泉よりも希少性は高いだろう」

「先生、なにから焼きます？」

「アヅキが……や、焼いてくれるのか……」

「あの、焼くだけなんで」

そんなにフルフル震えて喜ぶのは、ヤメてください。

網の上をトングで転がすだけなんで。

「そうか……ではまず、ウィンナーから頼む」

「わかります。どんなウィンナーでも、バーベキューで焼くとなぜか美味しいですよね」

「俺は、椎茸《しいたけ》を異常においしく感じることが多いと思う」

「そうですね……じゃあこの、安い味付け肉から」

「アヅキは、なにを？」

「了解です」

気づけばあたりはとっぷりと日が沈み、隣のキャンプスペースにも、火に照らされた人たちとテントやタープだけが闇に浮かび上がり始めた。

焚き火なので煤《すす》で真っ黒にならないように、先生が火をこまめに調整。

そして来る途中で見つけたローカルスーパーやコンビニで、適当に買ってきた食材たち。

ウィンナー、安い味付け肉、椎茸、しめじと、アスパラガス。

あとは定番の「エバラ焼き肉のたれ　甘口」をハケで塗って、焼くだけだった。

トウモロコシは歯の隙間に引っかかって取れなくなるのでパス、魚介類は手もゴミもひどく生臭くなるのでパス、串なんて刺す意味がわからないのでパス。

めんどくさいので飯ごうも使わず、ご飯は買って来たおにぎりを網で焼いたし。

火にかけたポットのお湯が沸騰すれば、みそ汁はコンビニで売っていたカップの物。

でも、それで良かった。

「先生。アスパラを安い味付け肉で巻くと、めちゃくちゃ美味しいですよ」

「その『安い』というのは、必須事項なのだろうか」

「ですね。なんかよくわからないですけど、おいしいタレが絡めてあるじゃないですか」

「たしかにこれは謎のタレだが、全国共通のような気はするな」

そしてまた、テンゴ先生から笑顔がこぼれた。

今日は先生、本当によく笑う。

「最後は、コーヒーでいいだろうか」

豆を挽くグラインダーはさすがに手回しで、フレンチプレスは携帯型。

あっつあつのブラックに牛乳を入れると、コーヒーはちょうどいい温度になり。

さすがは八田さんのチョイスと言うべきか、用意されていた黒糖シロップが美味しい。

「いつものような味にはならないが」

「いえいえ、ありがとうございます。これは、ここでしか飲めない味だと思うんで」

「八田さんなら、きっとフルセットを持ち出すのだろうな」

灯《あか》りは調理兼用の焚き火と、充電式の多目的ランタンだけ。

気のせいか、あたりの話し声や物音も遠のいていくような気がする。

このままふたりで、流行りのキャンプを楽しめばいいようなものだけど。

ゆらめく焚き火の炎を挟んだ向こうに、ディレクターチェアに座ったテンゴ先生。

今日のこと――いやこの2日間のことを、なかったことにするのは不自然すぎるだろう。

「あの、先生……」

「ん？」

「……今日のことなんですけど」

「そうだな……そうだった」

なにか気まずい話なのだろうか、先生に浮かんでいた笑顔は消えてしまった。

あたしとしては、日付が1日飛んだことなんて別にどうでもいい。

あやかしさんたちと色々なことを経験しているうちに、世界は意外に何でもアリなんだなと普通に思えるようになった。

「やっぱり、先生。別にあたしが知らなくてもいいことなら、それはそれで」

だからもしこの話が嫌な話なら、先生には黙っておいてもらってもよかった。

知らないことを知らないままあたしが死んでいけば、それはあたしの世界では存在しなかったことと同じになる。

あたしは別に、それでよかった。

「アヅキ。時間は遅れるんだ」

また先生が、斜め45度ほどズレたことを言い始めたと思ったけど。

その淡麗な瞳は、真剣そのものだった。

「……え？」

「あやかしとは本来、ヒトの理《ことわり》の外側にある存在。遺伝子の翻訳《ブランク・コドン》されない領域に特殊なあやかし配列を持つがゆえに、俺たちハーフやクォーターも、あやかしの存在する時空が持つ性質から逃れることはできない」

聞いたことのある単語の中に、すごく違和感のある物が紛れ込んでいた。

「時空……SFみたいな、何かなんですか？」

「ヒトにとってはサイエンス・フィクション《S　F》だが、あやかしにとってはごく当たり前の物理現象。そして、アヅキ。守護霊に毘沙門天を背負い、あやかしとの親和性が著しく高いアヅキも、この現象から逃れることはできない」

「あたしもって、どういうことです？　今までこれっぽっちも、実感なかったですけど」

テンゴ先生は空になったあたしのカップに、今度は温めた牛乳を注いでくれた。

そこにもやはり、黒糖シロップをひとさじ入れて。

「喜びや幸せに満たされた『密度の濃い空間』であればあるほど、あやかしの時空では時間の流れは『遅く』なっていく」

「密度？」

「たとえば今日の俺たちが過ごしたような、ふたりの空間が最も代表的な例だが」

「たしかに、今日はあり得ないぐらい楽しかったですけど……それと時間が『遅れる』っていうのは、どう関係があるんですか？　だって、日付は『進んで』いたんですよ？」

テンゴ先生は自分のコーヒーカップに、コーヒーをつぎ足した。

その落ち着いた目は、まるで今からあたしに昔話でも聞かせるようだった。

「ヒトの世界で言うところの『重力は時間を遅らせる』と同じように考えてもらいたい」

「なるほど。全然わかりません」

そんなこと、学校で習った覚えはありません。

もちろん、文系でしたけどね。

「俺もそこまで詳しくはないのだが……ともかくあやかしたちはヒトと比べて、様々な事柄において明らかに『密度の濃い』空間で生活している。存在自体が、すでに濃い」

「まぁ、そうですよね。ヒトより薄い存在とは思いませんね」

「すると周囲のヒト時間より遅れる――つまりヒトの時間では5時間や10時間過ぎていても、あやかしたちにとっては1時間ぐらいしか経過していないこともある。これはもちろん、そのあやかしの過ごした『時間の密度』にも相関するし、あやかし遺伝子がハーフかクォーターかという『世代』にも関連しているので、一定の倍数にはならない」

なんとなくだけど、わずかに分かったような気になったのは、テンゴ先生やタケル理事長、ハルジくんたちの、あの「年齢不詳」っぷりだろう。

ヒトより「歳を取らない」ように見えることを、ヒトより「時間が遅れている」と考えれば納得ができたのだ。

「だから先生たちは、年齢不詳で若いんですか」

「そうだ。特に俺たち3人は、ずいぶん長いこと一緒に過ごしているので」

「わりと楽しそうですし、その分だけヒトの時間より遅れたんですね」

「ヒト社会では実年齢より異常に若く見えると『妖怪』と言われるらしいが。あながち間違っていないので、あやかし本人は素性がバレたのかとヒヤッとするそうだ」

「あー、それは言いますね。実際、充実した人生を送っている方は若く見えますし」

「それと同じことが今日、あからさまにアヅキに起こっただけだ。俺とアヅキは、あまりにも楽しく、あまりにも幸せで密度の濃い時間を過ごした。だから周囲の『ヒト時間』に比べて、俺たちの『あやかし時間』は遅れてしまったのだ」

あたしたちは遅れた——ということはヒト側の時間は、あたしたちより先に進む。

つまりよく言う「楽しい時間は、あっという間に過ぎる」と同じことになる。

だから日付は、土曜日になってしまったのだ。

「あっ、そう言われてみれば——」

あれは忘れもしない、あたしが「あやかしクリニック」に就職した初日。

気づいたらお昼になっていて、時間の感覚がおかしいと怪しんだ記憶がある。

たしか柚口刑事を連れて千葉の泥田坊《どろたぼう》さんの所へ行った時も、気づけば夕方で。

異常な時間経過に動揺する柚口刑事を見ながら「わかるよ」とかエラそうなことを考え

てたけど、あたし全然わかってなかったんだわ。

「――そっか。あやかしさんたちが長生きっていうより、そういうことだったんだ」

「アヅキ、何度も言って申し訳ないのだが。毘沙門天を背負っていることであやかしとの親和性が著しく高いアヅキも、この現象から逃れることはできない」

「1日ぐらい遅れても、仕方ないですね。だって今日、あたし楽しかったですもん」

「1日ではない」

「え……？」

「よく思い出して欲しい――」

手にしていたコーヒーカップを置き、先生が焚き火の向こうからあたしを見つめている。

こんなに真面目な顔をされると、なにを言われるのか身構えてしまう。

「――アヅキはうちに入職してから、どれぐらいのことを覚えている？」

「入職してからですか？」

「そうだ。うちに来たのは、いつだったか覚えているだろうか」

「えーっ、急になんですか。忘れもしません、2018年の4月です」

「あれから、何年経った？」

「3年ですね。今年、4年目になります」

「それは、ヒトのカレンダーでのことだな」

「そりゃあ、そうですよ。あやかしカレンダーなんて、見たことないですもん」

すべて即答できるけど、先生はなにが言いたいのだろうか。

あたしに、なにを気づいて欲しいのだろうか。

「すべてとは言わない。だが途中であった出来事を、思い出して欲しい」

「元号が令和に変わったり……いろいろありましたけど、だいたい覚えてますって」

「では、夏休み。アヅキは、なにをして過ごしただろうか」

「な……夏休み？」

ひやっとした空気が、あたしの首筋から背中を伝って下りた。

冷や水を浴びせられたようだ、と表現した方が正しいかもしれない。

「3年ということは、少なくともうちで夏期休業を3度経験していることになるが」

「そ、それは……」

「帰省をした？　それとも、旅行へ？」

「……いえ、あれは夏休みとかお盆じゃなくて」

「年末年始、俺たちは何をして過ごしただろうか」

「年末、は……去年は、えっと……」

「俺はこの3年間、何度アヅキの誕生日を祝っただろうか」

「――ッ」

先生があたしの誕生日を忘れるはずがないという、謎の過剰な自意識はある。

でも先生だけじゃなく、八田さんは？

タケル理事長や、ハルジくんは？

「でも、それならヒト側の時間にいる、パパや梨穂《りほ》――」

――とは残念ながら、元々そういうやりとりがないことを思い出した。

ハッピーバースデー、おめでとう、これプレゼント。

そんな風にあたしの誕生日を祝ってもらったことは、大学を卒業してから記憶にない。

「アヅキがうちのクリニックでヒトの3年間、12個の季節を通り過ぎて来たのは事実だが。『俺たちの時間』はすでに、それよりずいぶん『遅れている』のも事実ということだ」

「そんな……じゃあ、あたし……今、何歳なんですか？」

「すでにヒト年齢は、アヅキにとって意味を成していない」

「……あたしも、先生たちみたいに？」

あやかしさんたちと共に生きて行くということの、本当の意味。

それをあたしは、きょう初めて心の底から理解した。

「これから先も、俺と共に時を過ごすということは……そういうことになる」

テンゴ先生の声は、とても優しくて温かかった。
でもどこか、あたしに冷静な判断を求めているような気がしてならない。
ヒト時間との決別が意味することを、本当に理解しているのか問われているのだ。
つまりいずれは、梨穂やヒト社会を「見送る」側に立たなければならないということ。
みんな必ずあたしより先に老いていき、必ずあたしを置いていくことを。
「とても大切なことなので、アヅキにはゆっくり考えて欲しい」
それを象徴するように——東の空には、すでに朝の太陽が昇り始めようとしていた。

【第2章】ヘソを曲げた持国天

ここは山形県、白川ダム湖畔のオートキャンプ場。

あたしたちの時間が遅れている間に、目的の3人組は岩手から移動していた。

「……先生。ホントに、これなんですかね」

「八田さんの送ってくれた画像だと、これだな」

そのキャンピングカーは、あまりにも大きすぎた。

あたしの知っているキャンピングカーは、あくまでワゴン車の後ろが箱形になったもの。

でもこれは会社にやってくる健康診断カーさえ超えた、マイクロバスのサイズだ。

周囲に巨大なタープを張ったり、テントを張ったり、長テーブルとソファを置いたり、挙げ句に発電機や家電までそろえたりしているので、オートキャンプ場の隣り合った2区画を目一杯独占している。

焚き火のサイズなんてキャンプファイヤーか、祈禱《きとう》のお焚き上げサイズ。

これはすでに、海外で言うところの「トレーラーハウス」をも超えた規模だ。

「失礼します。東京のあやかしクリニックから参りました、院長の新見と申しますが」

タープの下には、屋外では考えられないような、ゆったりソファが3つ。

そこにいた3人のうち、視線をくれたのがふたり。

そのうち反応してくれたのは、ひとりだけだった。

「あぁ。たしか、吉屋《よしや》さんのクリニックの」

コーヒーカップを長テーブルに置いて口元に穏やかな笑みを浮かべた若い男性は、アッシュ系に染めたマッシュルームヘアで目元がほとんど隠れていた。

爽やかで愛想はいいのだけど、元気一杯という感じがしない微妙な雰囲気もあり。着ているスポーツウエアというかトレーニングウエアのようなパーカも、ジャージ素材で楽だからという理由のような気がしてならなかった。

「ツツミ先生、ですか？」

「いえ。手前は樽原賢吾《たるはらけんご》、ガンダルヴァのハーフでございます」

「どうも初めまして、新見と申します」

「こりゃあ、どうもご丁寧に。頂戴《ちょうだい》いたします」

「タルハラさん……配置薬販売業の、薬剤師さんですか」

「ええ。いわゆる『置き薬』ってヤツですわ」

言葉使いが微妙にひょうたん小僧の福辺と似ているけど、悪い感じはしない。

　ソファから腰を上げ、真面目にテンゴ先生と名刺交換をしているぐらいだし。目元を隠している前髪を上げたら、きっと爽やか男子に違いない。

「では、タルハラさん。ツツミ先生は」

「はじめまして、新見先生――」

　反対側のソファから、手にしていた本を置いて女性が立ち上がった。

　後ろ向きにかぶったキャップでロングヘアーをまとめ、糸のようだけど優しい目に黒縁《くろぶち》メガネをかけた、癒やし系のおっとりお姉さんと言えばいいだろうか。

　この方が持国天を背負った女医さんなら、広島の千絵さんとはまた違った雰囲気だ。

「――ピシャーチャのクォーター、石谷亜樹《いしやあき》と申します」

　違うじゃん、紛らわしいな。

　そしてまた名刺交換をしているこの女性も、目的の医師じゃないとすると。

　残りは――なんか、嫌な予感がするなぁ。

「どうも。初めまして、新見と申します」

「頂戴いたします」

「これは……管理栄養士と、調理師もされておられるのですか」

「はい。簡単に言えば、食材の宅配をしております」

「なるほど。それはあまりにも万全な宅配ですね」

「患者さん宅にお伺いした時、ついでに調理もお手伝いさせてもらっています」

「そうですか。では、ツツミ先生は……」

あたしの予感は的中もなにも――残りは、あいつしかいない。

医療事務のあたしが初めて会う医師《ドクター》に対して、第一印象から「あいつ」と呼びたくなる気持ちを理解して欲しい。

一番奥のソファでゴロ寝のままマンガ雑誌を読んでいる兄さん――もうあいつはそのレベルの呼び方でいいと、直感が囁《ささや》いていた。

森林迷彩柄のスウェット上下に、足元はハルジくんの物と似たトレッキングシューズ。無造作なんて軽く超越した伸び放題のさらさらロングヘアは束ねるでもなく、清潔感だけを維持して、あとはフードをかぶってごまかしている。

その横顔は明らかに整っていて、やや垂れ目系だけどシュッとした鼻筋がそれを引き締めているのが分かるとはいえ。

なんだろう、この既視感《デジャヴ》――あ、わかった。

ハルジくんと赤毛河童《あかげかっぱ》の琉生《るい》くんを、足して2で割って髪をストレートに伸ばしたような感じなのだ。

どのあたりがホワイト・ジャックなんて呼ばれているのか、まったく想像もつかない。

「おーい、つっつん。わざわざ東京から、またお客さんが来られましたぞー」

つっつん――あぁ、ツツミだから「つっつん」ね。

使役の上下関係を超えて、それぐらい仲がいいのだろうけど。

声をかけてくれた樽原さんをチラッと見たものの、そのままプイッと視線を逸らした。

「ねぇ、堤《つつみ》くん。いい歳して大人げないよ?」

雰囲気に似合わずサラッとトゲのある言葉をかけた石谷さんにも、視線を向けただけ。

なんだろう、この3人のパワーバランスは。

たしかタケル理事長の話だと、持国天の医師は眷属のふたり――つまりガンダルヴァの樽原さんと、ピシャーチャの石谷さんを連れた、医療チームのリーダーのはず。

これでは本当にヘソを曲げているダメな弟にしか見えないし、あいつがリーダーとして仕切っている医療チームではなく、上下関係のないただの仲良し3人組でしかない。

「ツツミ先生に何か不快な思いをさせてしまったのならば、申し訳ありません」

「いやいや。新見先生には、何の非もございませんので」

「はぁ!? 待てよ、たるけん!」

たるけん――あぁ、樽原賢吾さんだから「たるけん」ね。

持国天を背負っためんどくさい弟Dr.堤は、ようやくバーンと跳ね起きて。

テーブルの上にあった冷めたコーヒーを、渋い顔で一気に飲み干した。

「事実じゃあ、ありませんか。なぁ、石谷」

「そうですね。今は見たまま……手のかかる弟が、ヘソを曲げた状態ですね」

樽原さんは、間を取り持とうとしてくれているような気がしないでもないけど。

この石谷さん、おとなしそうに見えてトゲだらけの女子じゃなかろうか。

「ちげーだろ⁉ おれのキモチはそーいうコトじゃねーって、知ってんじゃん⁉」

「他所様《よそさま》にはつっつんの口から、ちゃあんと説明しないと」

「堤くん。一緒に居てあげるから、ね？」

「『ね？』じゃねーよ！ いっしぃ、姉か⁉ おれ、弟じゃねーし！」

いっしぃ——あぁ、石谷さんだから「いっしぃ」ね。

大人になってもその呼び方って、この3人はどれだけ仲がいいのだろうか。

そんなことを考えている間に、めんどくさい弟Dr.堤はプイッとそっぽを向いて、マイクロバス型のキャンピングカーへと逃げ込んでいった。

いやいや、逃げるという選択はないでしょ。

その姿には、ホワイト・ジャックのカケラも感じられないんだけど。

そもそもホワイト・ジャックって、どんな意味があるわけ？

「どうも、すいません。追々、手前どもからも説得させてもらいますんで。ま、どうぞ」

ササッとほこりを払ったソファに先生と並んで座るよう、樽原さんに勧められた。

なんとなく3人の中で、一番まともに話ができそうだ。

「そちらは……っと、毘沙門天様でしょうか？」

「あ、はい。ご挨拶が遅れました、わたし」

「クリニックで医療事務をされている、七木田亜月様でしたかね。令和改元での境界裂孔《ハイエイタス》の一件以来、うちのつっつんからもお噂はかねがね」

「あの……ちょっと『様』は恥ずかしいので」

「あははっ。どのお方も、仏様ってのはフランクですなぁ」

今風になった八田さんの、気さくな江戸っ子バージョンという感じだろうか。

どの四天王も、こうして誰かに世話を焼かれていないとダメな気がしてならない。

あたしは八田さんを筆頭に、なんだかんだでみんなに世話を焼かれているし。

千絵さんと結婚した富単那《ぷーたな》の富広《とみひろ》も、なんだかんだで世話焼きだ。

そういえば石垣島で増長天を背負ってる芦萱先生には、肝っ玉母ちゃん系事務の持丸《もちまる》さんがそばにいたけど、あのヒトがそうなのかな。

「失礼します。毘沙門天様は、コーヒーでよろしかったでしょうか」

「す、すいません。ありがとうございます」

相変わらず黒縁メガネの奥では糸みたいな目で優しげに微笑んでいる、癒やし系のおっとりお姉さんな石谷さんだけど。

表に出さないだけで、実は石谷さんもヘソ曲げ堤と同じように怒ってたらヤだな。

だとしたら笑ってるように見える樽原さんも、オトナの対応をしてくれてるだけで、本当は怒ってたりして。

そんなビビリのあたしに代わって、テンゴ先生がこの場は前面に立ってくれた。

「お伺いさせてもらう日まで遅れてしまい、みなさんには重ねて申し訳なく」

「いいえ。堤くんが、ただの駄々っ子すぎるだけです」

ダメな弟を優しく見守っているのやら、呆れてキレかけているのやら。

目が糸みたいだから、区別がつかないけど。

やっぱり石谷さんだけは、敵に回してはダメなタイプのような気がする。

「うちの吉屋が一度、こちらでご説明させていただいたと思うのですが……」

それに答えてくれたのは、調整役っぽい樽原さんだった。

できればその目元まで隠れている前髪を上げてもらえれば、もう少し表情もわかりやすくて話もしやすいのだけど、目から表情を読み取らせないのが流行っているのだろうか。

「あれですよね『あやかし訪問クリニック』院長の件、ですよね」

「なにか、条件提示に不十分な点がありましたか」

「とんでもない。今の風来坊《ふうらいぼう》な生活に比べたら、贅沢極まりないご提示でしたよ」

「ではやはり、診療方針の相異でしょうか」

本当はあたしが、めんどくさい弟Dr.堤を説得するために来たというのに。

テンゴ先生に丸投げ状態になってしまって、ちょっと情けない気がする。

でもあいつは、キャンピングカーに籠《こ》もってしまったし。

まさかそれをひっぱり出してくるのが、あたしの仕事なのかな。

「それも特に問題ないんですわ。逆に手前らが今やっていることの上位互換っていうか、アップデートっていうか。この前も理事長さんには、お話をしたんですが――」

コーヒーだけでなく、お祭り屋台の鉄板を繋げたレベルの炭火で焼かれた「焼きカントリーマアム」までいただきながら。

やはり堤たちのやっている医療は、タケル理事長とテンゴ先生が提案しているものと、目的はほぼ同じ「訪問診療」だということを説明してもらった。

なんでも「穏やかな人生を送る」をスローガンに掲げた「ユニット・ヂリ」を３人で結成し、医療過疎地に住むあやかしさんたちのお家を訪問診療の形で回っているらしい。

スローガンはいいとしても「ユニット・ヂリ」ってなによ。

なんだかそこだけ、思春期をこじらせた堤のアイデアのような気がしてならないけど。

医療過疎地で患者さんの生活の質《QOL》を最優先に考えれば、診療に必要な医療従事者が物品と医薬品を持って行った方が速い、という考え方は同じのようだった。

「毘沙門天様は、たい焼きを食べられますか？」

「えっ!?　そんな物まで焼けるんですか！」

テンゴ先生と樽原さんが会話を止めて、思いっきりあたしを見ていた。

すいません、ちょっと意外すぎて声が大きくなりました。

石谷さんにサラッと聞かれたけど、キャンプでたい焼きなんて想像もしなかったもので。

「たい焼き型のホットサンド・プレートと、ホットケーキミックスですけど」

「あぁ、なるほど。中には何を挟むんですか？」

「ふふ。焼きたてのプレーンにチョコシロップをかけても、美味しいですよ？」

「いいですね。それ、超おいしそうです」

「喜んでいただけて、嬉しいです」

石谷さんって、やっぱり甘やかし上手のお姉さんで、ヒトをダメにするソファのレベルじゃないかな。

ちょっと判断に困るんだけど、あたしがチョロいだけの可能性が一番高い気もする。

でもともかく、先生たちの話はちゃんと聞いてます――はい。

「では我々の提案する『主にベースキャンプとしての診療所から、人員と必要物資を派遣する』という医療提供形態には、ご賛同いただけているのですね？」

「今でもキャンピングカーをベースにして、患者さんのお宅まではオフロードバイクや50ccの公道バギーで向かうことがほとんどですから。似たようなモンですよ」

「では、リモート診療に関してはいかがでしょうか」

「さすがにIT化にはついていけず、テレビ電話ぐらいでしたからねぇ。むしろそのあたりは、新しいクリニックの設備に期待してるところでもあるんですわ」

「それは良かった」

「なんせ診察の時は天狗の飯綱《いづな》さんに頼んで、患者さん宅へ医療機器から物品から、何から何まで運んでもらってますから」

「天狗の飯綱……長野の三郎《さぶろう》さんは、東北まで手を広げられたので？」

「いやいや。ご隠居じゃなくて、お孫さんの五郎さんですよ」

「そうでしたか。天狗といえばアヅキも、白峰《しらみね》さんなら知って――」

「ふぇ？」

「――いや。アヅキがおいしければ、それでいいと思う」

焼きたてのプレーンたい焼きに、ホットケーキ用のチョコシロップをかけて。はふはふ食べながらも、ちゃんと聞いてましたよ先生。

わかります、クロネコが宅配してくれるんですから、天狗だって宅配しますとも。

「なので手前と石谷は、理事長さんのご提案には完全に乗り気なんですよ」

「そうだったのですか」

「それにこれって、縁《えにし》――っていうか、因果律《いんがりつ》じゃあないですかね」

「……因果律？」

「だって、そうじゃないですか。これでようやく同時代の同時期に、四天王がそろって顔を合わせたことになるわけですからねぇ。受けないって流れは、ないんじゃないかと」

「なるほど、確かに……」

その単語にだけは、あたしも過敏に反応した。

タケル理事長が言っていた「流れ的に」と、同じことだろうけど。

もちろんあたしに、その理由なんて分かるはずもない。

「けどまぁ、つっつんがね……ああなると、どうにも時間がかかるんですわ」

なにかを察知したのか、樽原さんと石谷さんは同時にキャンピングカーの方を見ている。

そこには窓に張り付いて、ジーッとこちらを見ている堤がいた。

そんなに気になるなら、こっちに来て話に混ざりなさいよ。

あんたも年齢不詳だけどヒトの医者でしょ、わりと大人なんじゃないの？

「タルハラさん。我々もゴールデン・ウィークの間はここに滞在します。その間になんとか、説得させていただければと思っているのですが……なぜあれほどまでに、ツツミ先生は機嫌を損ねられてしまったのでしょうか」

樽原さんと石谷さんは無言で視線を交わすと、同時に仕方ないねと肩をすくめた。

このやりとり、かなり古い付き合いでしか成立しないだろう。

「ちょっと話が話なんで、本人から話させてやってくれませんかね」

「もちろん。それまで、待たせていただけるのであれば」

時計をちらりと見た樽原さんは、飲みかけのコーヒーを空にして立ち上がった。

「ここで待ってても、どうせしばらく出て来ませんし……とりあえずヒマつぶしに、今やってる手前らの仕事を見学してもらうってのはどうです？」

「お邪魔でなければ、是非。アヅキは、それでいいだろうか」

「も、もひろんれすよ。お仕事をしり来らワケれすからられ」

チョコとマシュマロを小さなフライパンで溶かしたフォンデュに、クッキーをつけて食べている真っ最中だった。

慌てて飲み込んで口の周りを拭いたけど、バレてないかな、ムリだよね。

だって石谷さん、甘やかし上手のお姉さんなんですよ、逆らうのは無理ってモンです。

「それじゃあ、どうしましょうかね。手前は公道バギーで行きますけど……新見先生、バイクの免許をお持ちならオフロードをお貸ししますが」

「やはり、山奥ですか」

「ですね、朱《しゅ》の盤《ばん》の始祖《オリジン》ですし。途中からは砂利道になりますなぁ」

「では、お借りします。アヅキはバイク、大丈夫だろうか？」

「乗せてもらうのは初めてですけど、ぜんぜん平気です」

樽原さんはあまり見かけない四輪のバギーに乗り、苦笑いでエンジンをかけていた。

テンゴ先生も颯爽とオフロード・バイクにまたがり、渡されたキーでエンジンをかける。

「しっかりと俺に抱きついて、片時も離さないように」

「はい！」

ゴールデン・ウィークに、テンゴ先生の運転するバイクの後ろに乗せてもらい。

よもやの必然スキンシップで、後ろから思い切りハグできるとは感無量。

ヘソを曲げたあいつにも、ちょっとだけ感謝しておくかな。

そんなことを考えながら、樽原さんの訪問業務を見学させてもらうことになった。

▽　▽　▽

高さがウーバーイーツの2倍ぐらいありそうな、大きなバックパックを背負い。

公道走行可能な50ccの四輪バギーに乗った樽原さんが、田舎道の先頭を走る。

白川ダム湖畔のオートキャンプ場を出てすぐに集落が見えたけど、当然そこはスルー。

川西《かわにし》小国《おぐに》線《せん》という両側を森林に挟まれた山中の細い県道を、先生の運転するオフロード・バイクで、ひたすらウネウネと走り続けた。

「アヅキ！　大丈夫だろうか⁉」

「なにがですか⁉」

ヘルメットのバイザーを上げて大声で叫んでも、風にかき消されてしまうけど。

先生の背中にべったり抱きついたままなので、あたし的には最高にキモチいい。

「山道で、酔っていないだろうか⁉」

「ぜんぜん！　先生こそ、あたしの乗り方は大丈夫ですか⁉」

バイクに乗り慣れていないと、曲がる時に車体が傾くことがどうしても怖いらしく。

右に曲がる時は右に倒れそうで怖いので、思わず反対の左に体を傾けてしまい、左に曲がる時はその逆で右に傾けてしまうという。

そして運転者と後部座席が互いに反対へ体を傾けてしまうと、バイクは曲がれないのだ。

「とても楽に運転できている！」

「よかったでーす！」

また小さな集落に出たけど、そこもスルー。

というよりそこを曲がって県道から離れると、センターラインのない山道に入った。

それからさらに進むと舗装路は砂利道に変わり、もう民家どころか畑も見当たらない。

そのうち獣道《けものみち》になるんじゃないかと思っていたら、本当にその砂利道からもはずれて、ただのジャングル・レースみたいになってきた。

ていうか現代の始祖《オリジン》たちって、こんな山奥に住んでるの？

ある程度は文明に迎合して、街中へ住む気はまったく起きないのかな。

そんな山形サバイバル生活でも始まりそうな景色の中、急に目の前がぱっと開けた。

そこは突然の更地《さらち》で、見えるのは木造平屋建ての民家と納屋。

どちらも瓦《かわら》より、かやぶき屋根の方が似合いそうな雰囲気だ。

軽トラックが1台止まっているので、とりあえず外界との接触はあるようだけど。

ここからどうやって県道まで車を運転しているのか、ちょっと想像がつかなかった。

「大丈夫だったか、アヅキ。お尻は痛くないか？」

バイク用のグローブを取る仕草までいい感じに見えるけど、ひいき目じゃないと思う。

ヘルメットを脱いで無造作に短髪をかき上げるテンゴ先生の、かっこいいこと。

しまった、あたしも髪をファサーッってすれば良かった。

「じゃあ、おふた方。申し訳ありませんが、少しお手伝いを願えますかね」

ガンダルヴァのハーフだからだろうか、背負った荷物をわりと軽々と下ろしている。

待って、そもそもガンダルヴァって、どんな存在かすら知らないんだけど。

「アヅキ。これを」

「なんですか、これ」

先生から手渡された、分厚いミニブック。

【領域別仏尊《ぶつそん》と眷属《けんぞく》の相関図】

この際「領域別の仏ってなによ」という疑問は、置いておくことにして。

どうも千絵さんところの富単那あたりから、ヤバいなとは思っていたけど。

ついにパパからの知識だけでは足りなくなってしまったことよりも、先生がこんな仏《ホトケ》系の本を持っていたことの方に驚いてしまう。

ガ、ガ……ガンダルヴァ、あった。
持国天の配下で、乾闥婆《けんだつば》とも言う。

インド神話では奏楽神団《そうがくしんだん》で、美しい音楽を奏でる。

ん？　酒や肉を食べずに香りを食べる――食香《じきこう》？

お寺で言う、亡くなった方が浄土でお線香の香を食べる「香食《こうじき》」とは違うの？

仏尊の眷属って、ちょっと斜め45度にズレてる感じがあるなぁ。


「先生。ぜんぶ読むまで、借りてていいですか？」

「俺の物はアヅキの物なので」

「なんですか、その優しいジャイアンは」

「……先住民族《シャイアン》？」

軽くミニブック全体に目を通すと、ため息が出てしまった。

やっと有名なあやかしさんたちの種族を、だいたい覚えたばかりだったのに。

今度は仏尊の眷属とか――まぁいいか、それは追々ということで。

「ハァ～、玄如《げんじょ》見たさにぃ～　朝水《あさみず》汲《く》めばよぉ～」

樽原さん、なんで急に民謡？

しかも奏楽神団だからなのか、やたら「こぶし」が利いてるし。

それに引き寄せられたのか、平屋の古民家から合いの手と共に現れたのは――。

「サァー、サーア、ヨイヤ、ショオーオレェ」

針のような髪で額には1本角、赤ら顔で耳まで裂けた口から牙の列がのぞく、隠す気ゼロのTHE《ザ》あやかし「朱の盤」の始祖《オリジン》。

いくら山奥だからって、警戒しなさすぎじゃないかな。

「どうも、赤井《あかい》さん。お元気でした？」

「よお、樽原くーん。今日は『玄如節』とは、これまた懐かしいねぇ。相変わらずいい声だから、呼び鈴なんて要らないじゃ……あら、どちらさん？」

「あぁ。こちらは毘沙門天様と、お付きの天邪鬼《あまのじゃく》先生です。ちょいと野暮《ヤボ》用で、うちのキャンプに来られてたんですわ」

「あー、良かった。今、思いっきり素の姿だからねぇ」

「手前がここへ、普通のヒトを連れて来るはずないじゃないですか」

「そりゃあ、そうだわなぁ」

大口を耳まで開けてガハハと笑った朱の盤の赤井さんは、すごく楽しそうだった。

まるで、久しぶりに友人が訪ねて来たようにも見える。

そうだよね、素のままの姿で居られる方がいいに決まってるよね。

街中がいいとか、山奥がダメとか、そういう二択じゃないよね。

「それより、赤井さーん。薬を飲むようなこと、ありました？」

「そうだなぁ……腹が下った時と、頭が痛かった時、ぐらいかぁ？　薬箱を持って来て確認するから、縁側にでも座って待っててくれや。ゆべし、食うかい？」

「いつも、すいませんねぇ。赤井さんの『笹ゆべし』が、これまた旨《ウマ》いんだわ」

「いやいや。おれっちの方こそ、樽原くんが来てくれるだけで楽しいのによ。今日はまさか、毘沙門天様までおいでになるとはな。盆と正月が、いっぺんに来たのか？」

「手前らの顔は、いい加減に見飽きましたよねぇ」

「なに言ってんだい。熱い茶ぁでも淹れてくるから、座っててくれ」

「これじゃあ、どっちが見舞われてるんだか」

赤井さんはまた、ガハハッと大きく笑って奥へお茶の準備に戻った。

ふたりの会話に入る隙はなく、あたしと先生はちょこんと縁側に座らせてもらうだけ。

先生は樽原さんの荷物から薬の入った箱を出し入れしていたからまだいいけど、あたしなんてお手伝いどころか本当にただの見学者だ。

「あの、樽原さん。あたし、お邪魔じゃないですか？」

「とんでもない。手前ら『ユニット・ヂリ』のメンツ以外じゃあ、ここへ来る者なんてほとんどいませんから。赤井さんも、いつもより表情がいいですわ」

「すいません。不勉強で申し訳ないんですけど……その『ヂリ』っていうのは」

「あー、ご説明してませんでしたっけね」

「ちょっと、あたしの持ってるミニブックには載ってなくて」

「たいした意味はないんですよ。持国天を象徴する一音節の真言《しんごん》が『ヂリ』なんで」

「一音節……たしか、種子《しゅじ》ってヤツですよね」

「そうです、それそれ。手前は『ヂリ会』でいいんじゃないかって言ったんですけど、つつつんがどうしても『ユニット』って付けたがったもんで」

その名称を聞いて少し思春期をこじらせた感じがしたのは、そのせいだったのか。

だとすると、まさかとは思うけど。

「堤先生って、どうして『ホワイト・ジャック』って呼ばれてるんですか？」

「それ、忘れてください……」

「え？」

「……つっつんの、自称なんで」

たぶん元ネタは超古典の医療マンガ「間《はざま》 黒男《くろお》さん」からだろう。

あの堤、そこまで思春期をこじらせているとは。

だとすると、何が引き金でヘソを曲げているか分かったものじゃない。

「樽原さん。できればで、いいんですけど。ここなら堤先生もいませんし、ヘソを曲げ
──じゃなくて機嫌を悪くされている理由を、教えてもらえないでしょうか」

ともかく今回、あたしの仕事は持国天を説得すること。

どうやら眷属のふたりは賛成らしいので、あとはあいつだけなのだから。

「それですがねぇ……手前らの口からお伝えすると、もっとヘソを曲げると思うんですよ。

なんとなく『それ、カンタンに言うコトじゃなくね!?』って怒りそうな気がして」

樽原さん、すごくわかります。

そう言ってプンスカしてる姿が、初対面なのにあたしの目にも浮かびました。

「堤先生とお話だけでもできれば、アレなんですけど……どうでしょうか」

「あのザマですからねぇ。まぁ、手前から言えることがあるとすれば――」

「お待たせ、お待たせ」

「よっ。待ってました、赤井ゆべし」

核心に迫る直前、笑顔の赤井さんが奥から大きなお盆を手にして戻って来た。

載せられていたのは、お茶と山形名産「ゆべし」。

「毘沙門天様も、お付きの先生も。よろしければ、どうぞ」

山形ガイドブックでは、うるち米を加工した粉と砂糖としょう油を混ぜ合わせて作られた、もちもち食感のシンプルなお菓子だと書いてあった。

赤井さんのは、中にクルミが入っているのだろうか、ゴマが入っているのだろうか。

いやいや、今はそんなことが問題じゃなかったんだけど――。

「――あ、おいしい」

「そうですか！　そりゃあ、良かった！」

赤井さんが楽しそうで、なによりなんだけど。

出してもらったお茶とお菓子をあたしたちが呑気に楽しんでいる間にも、樽原さんはちゃんと赤井さんの「薬箱」の中身を確かめていた。

「飲んだのは『整腸剤』と『ジクロフェナクナトリウム』だけですか」

「だと思うなぁ。樽原くんが貼ってくれた、効能シールの通りに飲んだよ」

「もちろん『あやかし用の生薬』も――あ、ちゃんと飲んでますね」

「だって、一緒に飲まないと効かないんだろう？」

置き薬の箱の中を見させてもらうと、お手製の薬効シールが錠剤シートに貼ってある。よく見ると、目薬にも「充血に」とか「かゆい時」とか書いてあるし。

薬局で渡されるお薬袋にも書いてあるっちゃあるけど、袋から出したらわからなくなるし、かといってお薬説明用紙で見比べるのは分かりにくいし、そもそも説明用紙をなくしてしまうし――というのは、患者さんからよく聞く話だ。

「あとは……相変わらず、お香が全部なくなってますな」

「樽原くん。あれは、いい物だ」

「赤井さん、好きですよね。今、焚きます？」

「いやいや。それは、もったいない。次に樽原くんが来てくれるまで、大事に」

「なに言ってんですか。赤井さんのじゃなくて、手前が山盛り持って来てるヤツですよ」

「そ、そうかい？　いいのかい？」

「赤井ゆべし代には、ぜんぜん足りませんけど。それで勘弁してください」

樽原さんは置き薬箱の補充を済ませると、大きなバックパックからポッキーのような茶色い棒状のお香を取り出し、お香立てに挿して火をつけた。

ふわんと鼻をくすぐった匂いは、ハーブ系でもスパイス系でも、ウッディ系でもフローラル系でもない――表現が難しいけど、あえて言うなら「人の家の匂い」だろうか。

「あぁ……これこれ。思い出すなぁ……諏訪《すわ》の宮《みや》を」

そうつぶやいた赤井さんは、遠くの山を見つめてゆっくりと息を吐いた。

それを見た樽原さんも、わずかな笑みを口元に浮かべ。

今度はあたしも聞いたことのある、有名な民謡を口ずさんだ。


「インヤ～、会津磐梯山《あいづばんだいさん》は～、宝ぁのぉ山ぁよ～」


赤井さんは合いの手も入れず、ただただ望郷《ぼうきょう》の眼差しで思いに浸っていた。

隣のテンゴ先生ですら感慨深そうに、ふたりを見つめている。

「なるほど……これが噂の」

「樽原さん、民謡チャンピオンみたいな人なんですか?」

「おそらく彼は『音楽とアロマのリラクゼーション薬剤師』と呼ばれている人物だ」

「聞いただけで、癒やされそうな肩書きですね」

先生は「赤井ゆべし」のクルミの方を手に取り、ひと口かじった。

では遠慮なく、あたしはゴマの方を。

「人間の脳は、五感――視覚、聴覚、嗅覚《きゅうかく》、味覚、触覚に対して、非常に過敏に反応する。時には反応しすぎないよう、遮断することさえあるぐらいだ」

「遮断？　見えなくなったりするってことですか？」

「心因性の視力障害や聴力障害は、有名なところだ」

「ちょっと違うかもしれませんけど……見ざる、聞かざる、みたいな感じですね」

「あながち、間違った表現ではないだろう。時として『見ない』こと『聞かない』ことが、心を守るために必要だと脳が判断する場合もある。情緒の氾濫《オーバーフロー》を防ぐためだ」

「それじゃあ、樽原さんは……」

「人には誰しも、思い出の歌やメロディがある。そして、懐かしい匂いがある。想像するに、おそらく赤井さんは福島を起源としているのではないかと思う。だから福島の民謡と、タルハラさんが特別に調合した『諏訪神社』本殿の香りによって、赤井さんの記憶の葉《よう》脈《みゃく》に埋もれていた思い出が、湧き出ているのではないだろうか」

思い出の歌や、匂いか。

日頃は忘れているのに、聞いたり嗅いだりすると、急に思い出す物は確かにある。

きっとあたしの脳には、すでにテンゴ先生の匂いが刷り込まれていると思う。

バイクの後ろで背中に抱きついていた時も「あぁ、先生の匂いだ」って感じたし。

ぼんやりテンゴ先生の横顔を眺めていると、赤井さんの拍手で我に返った。

「いやぁ。樽原くんの歌は、ほんとに凄いねぇ。むかーしに色々あったことを、あっという間に次々と思い出しちゃったよ。前から言ってるけど、これは特殊技能か何かだよ」

「赤井さん、幸せな思い出ってのはね。意外に脳ミソの奥に隠れちまってるだけで、すっかりなくなったり消えたりしないモンなんですよ。手前はそれを思い出す、ちょっとした後押しをしてるだけ。大層なことはしてませんって」

「ほんとだねぇ……忘れてただけなんだねぇ」

「夏にはまた、このあたりに住んでるあやかしを集めて、祭りでもやりましょうよ」

「けど、あれだろ？　最近のヒト社会じゃ、集会や祭りはダメなんだろう？」

こんな山奥でヒトとの関係も希薄なあやかしの始祖《オリジン》でさえ、3密を知っている。

そしてそれが、赤井さんに浮かんでいた笑顔を消すのだ。

本当にあの新型ウイルスの奴、なんとかならないかな。

「なに言ってんですか。そんな時のためにウチの『つっつん仏《ボトケ》』が居るんですよ」

「そうだったなぁ。頼咤《らいた》の坊ちゃんにも、会いたいなぁ」

「次は引きずってでも連れてきます。今日はなんだか、ヘソを曲げちゃっててね」

「おっと、樽原くん。長々と引き止めて、ゴメンよ」

「いいんです、いいんです。これが好きで、薬局勤めを辞めたんですから」

「そうかい？　そんな風に言ってくれるのは、ヂリのヒトたちだけだよ」

「薬がなくなったらすぐ――っていうか、なくならなくても呼んでくださいよね」

「樽原くーん。次は『だし』と『しそ巻き味噌』を用意して、待ってるからなぁ」

嬉しそうに手を振って見送る赤井さんに、あたしたちもお礼を言ってバイクに戻った。

でも荷物を整理し直している樽原さんの横顔は、どこか複雑な表情だ。

「……赤井さんみたいに孤立しちゃってる始祖《オリジン》、田舎にはわりと多いんですよね。今さら都会暮らしにも馴染めないし、馴染むなら姿を変えてなきゃならないし、そもそも馴染みたくもないしって」

それに強くうなずいたのは、テンゴ先生だった。

「確かにそうだと思います。あちこちの出張や往診へ行くたびに、それは感じていました。あやかし自体、本来は都会や文明とは真逆の存在ですから」

「それにこのご時勢。長引く新型感染症のおかげで、都会離れが進んでいますし」

「そういった意味でも、赤井さんがここを離れる理由はなくなってしまったかと」

「だから毘沙門天様たちの提案、手前らには有り難いんですよ。医療機器は小型でネットワーク対応しているし、なによりベース基地になる診療所の設備がいい。移動や運搬の手段も理事長さんが全国八大天狗連合会や白狐《びゃっこ》たちにも話をつけてくれてるみたいで、今よりカバーできるエリアも広がります。文句の付けどころは、ないんです」

「そうですか。タケルは、すでにそこまで」

「見た目とか貧乏神とか、そういうのは関係ないんだなって。改めて、そう思いました」

意外なようで、タケル理事長ならやりそうというか。

ホント、締めるとこだけは締める指揮官《コマンダー》なんだよなぁ。

「ではタルハラさん、何度もうかがって大変申し訳ないのですが――」

ヘルメットをかぶろうとする樽原さんを、テンゴ先生が止めた。

そうだ、聞きかけていたことがあったのだ。

「――なぜツツミ先生は、あれほど院長就任を拒まれているのでしょう。誤解があるのであれば、是非とも釈明させていただきたいので……教えてはいただけないでしょうか」

「つっつんがヘソを曲げてる理由、ですよね……」

ポリポリッと頭をかいて、樽原さんは言いにくそうにしている。

タケル理事長もやらかしてないみたいだし、何があいつをそうさせているのか。

「……大きな理由のひとつは、新見先生。あなたですよ」

「エ――ッ！　俺ですか!?　エ……俺が、理由……とは、エ？　アヅキ……？」

「いや、先生……あたしに聞かれても、何がなんだかサッパリ……」

思わずテンゴ先生と、顔を見合わせてしまったけど。

答えがあまりにも想定の範囲外すぎて、ふたりしてフリーズしてしまった。

▽▽▽

赤井さんのお宅から、オートキャンプ場へ帰ってくるまで。

あたしもテンゴ先生も、樽原さんの言った意味をずっと考えていたけど分からなかった。

先生は今まで持国天の堤とは面識がなく、接点すらわからない様子。

八田さんにも連絡してあちこちへ確認してもらったり、タケル理事長にも再確認してもらったりしたけど、すべて空振りに終わった。

「先生。あまり言いたくないんですけど……日付が変わりましたね」

「そう、だな……別の意味で、密度の濃い時間を過ごしてしまったようだ」

いつヒト時間の夜を過ぎたのか、今回はさすがに気づけなかった。

お腹が空くどころか、赤井さん家《ち》で食べた「ゆべし」がまだ胃に残っているし。

バイクの後ろに乗っていただけなので疲れもほとんどないし、眠気も来ない。

徐々に加速していった——の逆で、徐々に遅れていったのだろうけど。

あたしは今さらながら、大問題に気づいてしまった。

連休が始まってから、まだ一度もテンゴ先生とドキドキの夜を過ごしていないのだ。

「毘沙門天様。樽原くんの仕事を御覧になって、いかがでしたか？」

そして今はもう、ピシャーチャの石谷さんが運転する小型ジープに乗っている。

つまりヒト時間では、日付が変わった翌日の午前なのだ。

「なんか、とても素敵なお仕事だと思いました。音楽と香りで癒やされる気持ちは、ヒトもあやかしさんも同じなんだなぁって」

あたしにとっての重要人物度を知ってもらう意味で、テンゴ先生には後部座席に乗ってもらい、あたしは助手席に。

今まで使う機会がなかったけど、たしか社会人マナーの本か何かで読んだ気がする。

「樽原くんは、今が一番楽しそうですね。薬局勤めの頃はもっと表情に乏しくて、あんなに笑うヒトじゃありませんでしたから」

「石谷さんと樽原さんは、古いお付き合いなんですか？」

テンゴ先生、今日はあたしに任せてください。

何か聞き出すとしても、女子同士の方がサラッと言いやすいかもしれませんからね。

「古いですね。時間の進み方は、それまで各々《おのおの》違いましたけど……行動を共にし始めた時は、みんなそろって小学生でしたから」

「えっ！　そんなに古くから!?」

「ヒトの時間にすると、口にしたくないぐらい長くなってしまいますね。毘沙門天様と天邪鬼先生は、いつからのお付き合いなのですか？」

「あの……あたしのことは、七木田とか亜月とかでいいですよ？　最近あいつ、後ろから出て来ることがめちゃくちゃ少ないですし」

「……出て、来る？」

「え……いや、守護霊なので……って、堤先生もそうですよね？」

黒縁メガネの奥で、糸のような目はそのままに。

ハンドルを握った石谷さんの横顔は、次の言葉を慎重に選んでいるようだった。

「そうですか……それでようやく、最近になって」

「でも芦萱先生の増長天も、千絵さんの広目天も、だいたいそんな感じなんですけど……堤先生は違うんですか？」

後部座席のテンゴ先生も、石谷さんの言葉の意味が理解できないらしい。

車内に響くのは、ジープの後ろに積んでいる食材の箱がごとごと揺れる音だけだった。

「堤くんは小学生の時、すでに守護霊の持国天は顕現していました」

「えっ、小学生で⁉」

「毘沙門天様は、私の祖母である『ピシャーチャ』という存在をご存じですか？」

あたしの中で、緊張の糸が切れる寸前までピーンと張りつめた。

「ほんの簡単に、本で読んだ程度ですけど……」

車内での会話に困らないように読んできた【領域別仏尊と眷属の相関図】。

持国天の使役する毘舎遮《ピシャーチャ》、またの名を――食人鬼《グール》。

それが遥か昔のインド神話まで遡《さかのぼ》る話なので、どこまでが事実か分からないけど。

世の中には知らなくていいことってあるのだなと、改めて痛感してしまった。

「どうしても『死』にまつわることを生業《なりわい》にしていますと、そういう噂が立つ時代で」

「あっ、そうだったんですね！」

葬儀とか埋葬とか墓守《はかもり》とか、何かそういう感じのことをやってたんですよね。

そうだと思ってましたよ、さすがに食べないだろうとはね。

食人鬼だから管理栄養士とか調理師とかを目指したって言われたら、どん引きを通り越してすぐに帰らせてもらうところでしたけどもね。

「鬼であることに間違いはありませんが……それでもヒトの噂は、いつしか事実に置き換えられてしまいます。それが嘘でも、自分に都合が良いことの方を事実としますから」

「……というのは？」

「食人鬼の汚名は母の代まで続き、私の身を案じた母は、私との離別を決めたそうです」

「そ、そうだったんですか……」

逃げ切ったつもりの触れたくない会話が、別の返す言葉のない話になって帰ってきた。

空気が重くて仕方ないけど、沈黙からは何も生まれない。

なんとかテンゴ先生と堤の接点を聞き出すのが、今日のあたしの仕事なのだ。

「それが私の時間では小学生の時でした。ちょうどその頃に知り合ったのが、やはり皆それぞれの理由で親から離された堤くんと樽原くん。みんな小学生でしたが、お互いの生い立ちを知った時は、そういう流れにあったのだなと子供心に納得した記憶があります」

「ですよね。それこそ、因果律ってヤツですかね」

「毘沙門天様も天邪鬼先生にお目にかかった時、そんな感じがしませんでしたか？」

「……あたし、鈍いんですよ。第一印象は『超ラッキー』ぐらいでしたから」

「そうですか。私たちはそれ以来、お互いを守るように、お互いの隙間を埋めるように、時を一緒に過ごしています。恥ずかしげもなく言えば、固い絆で結ばれた3人です」

「大人になってもそういう関係でいられる仲間って、いいですね」

「そうですね。楽しくて、幸せで……あのふたりがいてくれれば、私はそれでいいんです。なのでどんどん時間は遅れていきますけど、私は一向に気にしていません」

「あたしはつい数日前に気づいたばかりなんで、まだまだ慣れませんね」

「毘沙門天様。この宇宙には『無限』が存在しているのですよ？」

「や、うん……そう、なんですけどね」

ヤバいヤバい、なんか宇宙物理学的な話にならないでしょうね。

理系の話には、ぜんっぜんついていけないですからね。

「ならば私は、この時間が永遠に続いてもかまいません。同時代の同時期に四天王の四尊がそろうこと自体も、毘沙門天様が仰るように、きっと因果律なのでしょうから」

似たようなことを、樽原さんも言ってましたけど。

すいません、話が繋がらないですし、理解もできていないです。

あたしはただ、因果律って言ってみたかっただけなんです。

「あの、石谷さん。実は昨日、樽原さんからお伺いしたんですけど」

「私の年齢ですか？」

「いえいえ！　全然そういう話ではなく！」

「冗談ですよ」

石谷さんも、距離感のつかめないヒトだよね。

たぶん悪意はないと思うし、もしかすると距離がちょっと近づいたのかもしれないけど。

「うちのテンゴ先生と堤先生って、むかし何かあったんですかね」

「あぁ、お聞きになったんですか……」

「ええ。ちょっと、小耳に挟みましたもので」

「ただ私の口からお伝えすると、堤くんがもっとヘソを曲げると思うんです。『それ、カンタンに言うコトじゃなくね⁉』みたいな感じで」

昨日の樽原さんと、まったく同じことを言われますね。

皆さんホントに、お互いを理解し合ってるんですね。

「でも堤先生とは、お話できそうな雰囲気じゃないですし」

「そうですねぇ、私から言えることがあるとすれば――あ、着きました」

「えぇっ!?」

「竈神《かまどがみ》の始祖《オリジン》、火防《ひぶせ》さんのお宅です」

なんてことよ、このタイミング！

樽原さんの時とやたら似てるんだけど、これってデジャヴ!?

「あの、石谷さん――って、ちょ――誰っ!?」

運転席ではいつの間にか、白髪のお爺さんが背中を丸めてハンドルを握っていた。

そこにはすでに、石谷さんの欠片も見当たらない。

「すまんが、食材と調理道具を降ろすのを手伝ってもらえんかね」

見た目の身長体重から性別、声まですべてが、石谷さんではなくなっている。

なにこれ、どういうこと？

それでもこのお爺ちゃんは、石谷さん――なんだよね？

激しい動揺をなだめてくれたのは、後部座席から肩に手をかけてくれたテンゴ先生。

今までずっと黙っていたけど、なにか気づいたことでもあるのだろうか。

「アヅキ、荷物を降ろすのを手伝おう」

「もちろん、手伝いますけども！」

なにも理解できないままジープの助手席から降りて、後ろの積み荷へと回った。

石谷さんの仕事は簡単に言うと食材宅配だけど、管理栄養士と調理師の免許を持っているので、宅配先で調理をすることもよくあるとは聞いていた。

「先生、なにがどうなってるんですか？　なんで石谷さんは」

「視覚刺激、ではないかと」

「……はい？　お爺ちゃんが、ですか？」

すっかりお爺ちゃんになってしまった石谷さんが「申し訳ないね」と見守っている中。

先生は重い調理道具の箱を、あたしは食材の入った箱を、手押し車へ次々と降ろした。

「鬼と名の付く者はみな、程度の差こそあれ姿を変えられる。あいや、俺は違う……のではないのだが、遺伝情報による表現形発現の程度というか、種類というか」

「先生、そのあたりは気にしてないんで。お話の続きをお願いします」

「そ、そうか。気にしていないのか」

「ええ。まったく」

姿形《すがたかたち》がどうとかって話は、八丈《はちじよう》の時に決着がついたじゃないですか。

鬼でも何でも、先生は先生ですよ。

「ここが『竈神』のお宅ならば、石谷さんが老人に姿を変えたのは必然。それは昔――」

荷物を運びながら、テンゴ先生が竈神について簡単に教えてくれた。

もともと竈神は、変わった顔をした謎の子供でした。お爺さんに託されて可愛がられているうちに、臍《へそ》からポロポロと金の粒をこぼすようになり、お爺さんの家はお金持ちになりました。

でも欲張ったお婆さんが、お爺さんの留守中にその子の臍をグリグリしすぎた結果、死んじゃいましたとさ——という、悲しいお話だった。

「かなりイヤな感じの、典型的な『昔話あるある』展開ですね」

「その変わった顔というのが、現代に残る『ひょっとこ』のお面だ」

「あ、あれが竈神なんですか」

「なので竈神の始祖《オリジン》は、おそらく——」

先生の予想通り、平屋から飛び出してきたのは子供だけ。

その顔は、誰もが一度ぐらいはお面で見たことのある「ひょっとこ」のようだった。

「じいじっ!」

「おおぅい、坊《ぼう》。元気にしとったか」

「あっちは、だれ?」

「あれはワシを手伝うてくださる、毘沙門天様とそのお付きの先生じゃて」

「……ばあば、じゃない?」

「大丈夫。もう、婆さんはおらんよ」

石谷お爺さんは「ひょっとこ君」の頭をよしよしと撫でながら、玄関に入っていく。

台車を押しながらそのあとについていくと、そこは今では見ることも珍しい土間で。

並んだ立派な「かまど」が、すぐ目に入ってきた。

左手には広い畳の間に、これまた珍しい囲炉裏《いろり》があり。

その光景はまさに昔話のままで、古き日本の伝統がそこにあった。

「坊。今日は『うこぎご飯』と『納豆汁』、ほかに何か食いたいものはあるか？」

「いなごーっ！」

「佃煮《つくだに》か。ほかにはは？」

「おみづけーっ！」

後ろ姿を見ていると、まるでお爺ちゃんとお孫さんだけど。

実際はひょっとこ君の姿をした竈神が始祖《オリジン》で、石谷お爺ちゃんはクォーター。

でも、完全に童心に帰って——というか竈神になる前の姿に戻って、嬉しそうなひょっとこ君を見ていると、そういうことはどうでもいい気がしてならない。

竈神と石谷さんは今、時空を超えてあの瞬間に戻っているのだ。

「今は居ない、愛してくれた唯一無二の存在だろう」

「だから石谷さんは、わざわざお爺さんの姿に」

「竈神のひょっとこ君にとって、あのお爺さんは大切な思い出なんですよね」

「そして懐かしい味という味覚刺激が、さらに記憶を甦らせてくれる。タルハラさんやイシヤさんの行っている訪問診療は『医療的ケア』だけに留まらない、俺たちの想像を遥かに上回ったものだったようだ」

そこへウチが提供する診療所施設が加われば、今以上に訪問がパワーアップするのに。

なぜ持国天だけヘソを曲げているのか、さらにその理由が分からない。

そんなことをテンゴ先生と話していると、いつの間にかひょっとこ君が袖を掴んでいた。

「ど、どうしたのかな……でしょうか？」

相手はあやかしの始祖《オリジン》なのに、見た目はひょっとこ君という子供。

どう接すればいいのか、言葉使いひとつにも困ってしまう。

「あそぼ？」

反対の手でテンゴ先生の手を握っている、竈神ひょっとこ君。

あーこれヤバい絵だよ、完全に疑似ファミリーだわ。

「そうか。なにをして遊びたい」

ひょっとこ君をグイッと両手で抱き上げ、一気に肩車してしまったテンゴ先生。

どうやら先生は竈神に対して、子供のひょっとこ君として接すると決めたようだった。

そんな先生の上で嬉しそうにはしゃいでいる、ひょっとこ君。

眩しい、メガネのイケメンが子供を肩車する育児姿が眩しすぎる。

「おにごっこ」

「俺は本物の鬼だが、それでいいのか？」

「えーっ、じゃあヤだー」

「もうすぐご飯だから、縁側で『うりこ姫』の昔話などはどうだろうか」

「べつにー」

「エ……？　ダメ？」

その微笑ましい姿を見せられて、めまいで倒れそうになっていると。

火の入ったかまどの羽釜から、ご飯の炊けるいい匂いが立ち込めてきた。

隣でぐつぐつしているのは、たぶん「納豆汁」だろうか。

それを黙々と作っていた石谷お爺さんが、思い出したようにあたしを振り返った。

「そうじゃった。毘沙門天様、忘れるところでしたわ」

「な、なんでしょうか」

「堤くんがヘソを曲げとる、理由ですわい」

あっと、あたしも完全に忘れていましたね。

このままテンゴ先生とひょっとこ君と、3人家族ごっこに夢中になるところでしたよ。

ホントあたし、なにしに来たのっていうね。

「テンゴ先生が堤先生に何をやっちゃったか、ですよね」

「いやいや。そっちじゃのうて」

「ええっ⁉ 理由は他にもあるんですか！」

「もうひとつの理由は、毘沙門天様。あなたですわい」

「え……あたしが、理由……って、え？ 先生……？」

「いや、アヅキ……俺に聞かれても、何がなんだかサッパリ……」

思わずテンゴ先生と、顔を見合わせてしまったけど。

答えがさらに想定の範囲外すぎて、ふたりともフリーズしてしまった。

▽ ▽ ▽

竈神ひょっとこ君の家から帰って来るまで、車内はシーンと静まり返ったまま。

テンゴ先生とあたしは、ひとことも言葉を交わさず悶々と考えていたけど。

念のためにまた八田さんに連絡して確認してもらっても、やはり空振り。

あたしと先生がふたりそろって、東北を拠点に訪問診療をしている持国天を背負った医師の機嫌を、いつの間にか損ねていたなんてあり得るだろうか。

「先生。あまり言いたくないんですけど……」

「……また、日付が変わったな」

「もうこれ、仕方ないですよね」

「そうだな。本当に何も思い及ばないが、誠意を持って謝ろうと思う」

「心当たりもないのに、誠意も何もあったものじゃないですけどね」

ともかくこれ以上は、どう考えても話が進みそうにない。

いつまでもGWが続くわけじゃないし、逆にヒト時間はあたしを置き去りにしていく。

正直なところ、この問題にはいい加減に決着をつけたい。

先生との楽しいGWのドライブ旅行を、さっさと再開したい。

特にドキドキの夜をいまだに過ごしていないことだけは、もう耐えられそうにない。

「とりあえず、俺から謝ってみようと思う」

「いやいや。ここは毘沙門天を背負っている、あたしから」

そんなあたしを制して、テンゴ先生が一歩前へ進み出た。

「ツツミ先生、正直に申し上げます。何度考えてみても思い当たる節がないのですが、気分を害されるようなことをしてしまったことに間違いはないと思います。そのことに関しまして、我々は深くお詫び申し上げたいと思います」

不機嫌Dr.堤は、相変わらず森林迷彩の上下スウェットという部屋着全開の姿。

フードをかぶったままポケットに手を突っ込んで、ソファにもたれかかっている。

その前に立って直角に近く頭を下げたテンゴ先生に続き、仕方なくあたしも頭を下げた。

「まー、わかんねーよな。そりゃあ、わかるワケねーよな」

「その理由を教えていただければ、もしかすると何かお応えできることがあるかと」

「いやいや、ムリムリ。それ、全然ムリだから。なにやっても、今さら遅いから」

チラッと堤を見てみると、この上なく不機嫌そうにふんぞり返っている。

腹立つなぁ——もったいぶってないで、さっさとヘソを曲げてる理由を言いなさいよ。

「つっつん、そういう態度は良くないですぞ」

「は？　たるけん、こいつらの味方なの？」

「敵とか味方とか、子供じゃないんですから」

もういい加減にしなさいとばかりに、樽原さんが間に入ってくれたのに。

この持国天の、大人げないことといったら。

医者かなぁ、これホントに医者かなぁ。

そんな疑問すら湧き上がってきたところに味方してくれたのは、やはり石谷さんだ。

「堤くん。そうやって相手を困らせて、何が満たされるの？」

「なんだよ、いっしぃまで！　おれの無念、知ってるだろ!?」

「無念もそんなにこじらせたら、ただの残念。それを過ぎたら怨念《おんねん》です」

「な——ッ」

「さすが石谷だ、上手いこと言うなぁ」

膝を叩いて笑う樽原さんは、もうどうでもよくなっていないだろうか。

堤との温度差が、開いていくばかりな気がする。

「たるけん！　いっしぃとそろって、マジでどっちの味方なんだよ！」

「手前はそろそろ、つっつんの肩を持つのが恥ずかしくなってきましたけど……石谷は、どうするよ」

「私はこのコーヒーを飲んだら、堤くんの味方をするのは止めます」

「えぇっ⁉　待てよ、それって――」

なにか言おうとした駄々っ子ドクターを、シラッとした雰囲気でカットする石谷さん。

助けを求めて視線を送った先の樽原さんにも、首を横に振って拒絶されてしまった。

「――はいはい。わかったよ、おれが全部悪いんだろ？　いつまでも根に持ってジクジクしてるおれが、いけないんだろ？」

「おや。そのあたりは、わかってたんですな？」

「ちょっとぐらいフォローしろや！」

「堤くん！」

最後はやはり、石谷姉さんの厳しい喝《かつ》だった。

反抗する気力をすべて削がれたDr.駄々っ子は、急にしょんぼりと肩を落とした。

「……なんだよ、そんなに怒ることねーじゃん」

なんか、風船から空気が抜けていった感じがするんだけど。

ちょっとマジで、歳いくつなの？

「おまえらも立ってないで、そのへんに座れよ……それじゃあまるで、おれひとりが悪者みたいに見えるだろ？」

シッシッと追い払うような仕草に、ちょっとイラッとしたけど。

ここはせっかく石谷姉さんが治めてくれたのだから、無駄にしたくない。

「では、アヅキ。こちらのソファに、失礼せさていただこう」

「……失礼しまーす」

テンゴ先生と並んで、向かいのソファに座り。

長きにわたる戦いを終え、今ようやく対話の場が設けられた。

それでいいんです、とばかりに笑顔を浮かべた樽原さんはコーヒーを用意してくれ。

石谷さんはまた、ホットサンド・プレートで何かを焼いてくれている。

「おれだってなー、理不尽にヘソを曲げてたんじゃねーんだわ」

「ごもっともだと思います」

「それなのにおれから言われねーと、理由もわかんねーんだろ？　何なんだよ、それ」

「何も思い当たらず、大変申し訳ありません」

迷彩スウェットのポケットに、両手を突っ込んだまま。

口を「への字」に曲げた堤が、真剣に悔しそうな表情でボソッとつぶやいた。

「天邪鬼、おまえさー。なんで北国の医学部を受験するの、ヤメたの？」

あまりにも想定外の問いかけに、テンゴ先生と顔を見合わせてしまった。

堤の怒りの原因は、テンゴ先生の大学受験？

なにそれ、どういう関係なの？

「エ……受験、ですか？」

「元々は、北海道か東北地方の医学部を受験しようと思ってたじゃん」

「……なぜ、それをご存じで」

テンゴ先生、東北に来る予定があったんですか？

謎のテンションが上がりますけど、それって考えたくないぐらい昔の話ですよね。

「そりゃあ、知ってるに決まってるだろうよ。おれはなー、ガキの頃からすでに持国天が顕現してたの。それはもう後ろから、バンバンいろいろ言われてたの」

「な、なるほど……そうですか、なるほど……」

「それを天邪鬼ぅ——全部、おまえのせいなんだからな！」

「……は、はぁ」

子供の頃から持国天が顕現していたことは、けっこう大変だったとは思うけど。

残念ながら、それだけでは話がぜんぜん繫がりませんね。

「おまえがちゃんと、どこか東北地方の医学部にさえ進学してればなぁ——そこの毘沙門天とも、北の大地で知り合ってたんだよ」

「……エ？」

「今ごろは岩手か、その辺のクリニックで。ふたりでよろしく、チュッチュしてたの」

「エ——ッ⁉」

「えっ！　あたしも⁉」

「そうだよ、毘沙門天！　おまえは最初から、天邪鬼とセットだったの！」

これまた急な角度であたしも巻き込まれて、めんどくさいなと思ったものの。

ちょっと待ってよ、その話。

つまりあたしは本来、東京に出て来ないはずのヒトだったたってこと？

ていうか最初から天邪鬼とセットって、どういうこと？

「なぁなぁ、毘沙門天サマなら知ってるだろ？　四天王ってのは、仏教で言うところの須《しゅ》弥山《みせん》の東西南北を護《まも》るのがオシゴトだってジョーシキだよな」

「なんか、そうらしいですよね」

「他人事《ひとごと》みたいに言っててんじゃねーよ」

「……あ、すいません」

「増長天の芦萱は南方の担当だから、石垣島に居ただろ？　沖縄って南だろ？」

「ですね……」

「広目天の古巻《こまき》――今は、富広だっけ？　あいつは西方担当だから、広島。ビミョーだけど、西っちゃ西だろうよ」

「まぁ……西ですね」

「じゃあ毘沙門天の担当って、東西南北のどこだよ」

「なんか……その、北の方だったと……聞いた記憶が」

「だったらなんで、北方担当の毘沙門天が東北を離れるんだよ。なんで東京で就職して、東京に住んでんだよ。東京は『東』の都、つまり東方じゃねーのかよ」

「あ……」

ちょっとずつだけど、なんとなく堤がヘソを曲げた理由が分かってきた気がする。

たしか四天王である持国天の持ち場って――。

「東方を護るのは、持国天《おれ》の仕事だろーよ！」

「……ですよね」

「なのに、なんで東京へ行っちまった毘沙門天《おまえ》の代わりに、おれが東北に居なきゃなんねーんだよ！」

「でもそれ……あの時のあたしには、知ることはできないワケで」

「なぁ、バカなの？　何度も言ってるだろ？　天邪鬼さえ東北に来てりゃ、毘沙門天も東京には行かなかったんだよ」

ヘソを曲げてる理由、それかぁ。

そもそも北方の担当は、あたし——というか、毘沙門天だったと。

本当はテンゴ先生が東北でクリニックを開業して、あたしもそこで出会って。

東方担当の堤は、無事に東京で生活しているはずだったと。

そんなの、気づくはずないじゃないの。

これ、難問すぎて削除対象でしょ。

「マジで、おれの方が聞きてーのよ。天邪鬼先生は、なんで東京の医学部にしたワケ？願書を出す直前まで、志望校は北海道と東北だったじゃん？　それでよかったじゃん」

「そこまでご存じとは」

「頼むから、北国へ進学するのを急に止めた理由を教えてくれよ。あそこが間違いなく、おれのターニングポイントでもあったんだからよー」

ひとしきり言いたいことを言い終わったのか、堤はどさっとソファにもたれた。

確かにあたしも、その運命的なテンゴ先生の決断の理由を聞いてみたい。

「いや、あれは……そうですねぇ……」

「おれ、すげーショックだったんだわ。なんだったのあれ、なんの理由でヤメたわけ？」

「なんと言いますか……その、天邪鬼のクォーターなもので」

「ハァ⁉　なにそれ！」

「どうも、そういう時に限って……いわゆる、性分《しょうぶん》が発動したというか」

愕然とした堤が、言葉を失っていた。

「ちょ、待……え？　偏差値とか憧れとか、大学の強い専門分野とかの理由じゃなく？」

「ですね……」

「ただ単におまえが天邪鬼だから、志望校もやっぱりコレジャナイって変えた感じ？」

「……概《おおむ》ね、そのような理由だったと記憶しています」

「おまえ、なんてことしてくれちゃったのよ……」

もの凄く脱力してしまった堤。

けど仕方ないじゃないの、天邪鬼なんだから。

こうだと思ったら、ちょっとその逆をやってみたくなっただけなんだから。

「……おかげで毘沙門天が、おまえと将来くっつく因果律の流れに沿って、本来の持ち場を離れて東京に出て行ったじゃんか。それに関して何か思うところ、ないわけ？」

「とても嬉しく思います」

「そうじゃねーだろ⁉」

どうやらあたしは守護霊の毘沙門天が顕現する前から、テンゴ先生と出会う因果律に従って、地元を離れて東京に出て来ていたらしい。

つまりあの日、クリニックの前で医療事務募集の貼り紙を見たのも必然。

就活57連敗したのもすべて、あやかしクリニックに辿り着くための必然だったのだ。

ヤバいよね、この展開。

いいなぁ、運命ってホントにあるんだね。

「冗談じゃねーわ。おれだってお台場《だいば》の実物大モビルスーツとか、三鷹《みたか》の森とか？　みんなで気軽に、遊びに行きたかったんだよ。ＬＩＮＥで『ＪＲ新宿駅の甲州街道《こうしゅうかいどう》側の改札に集合ね』とか『立川《たちかわ》の爆音上映に行こうぜ』とか、やってみたかったんだよ」

まぁそれは確かに、ちょっと可哀想なことをしたような気がしないでもないけど。

早くから持国天が顕現していたのであれば、他に方法があった気がしてならない。

「あの、堤先生……？　ちょっと、いいですか」

「なに。毘沙門天《おまえ》が明日から、東京と代わってくれんのか？」

「いや、それはないんですけど」

「即答かよ！」

「あたしの毘沙門天が顕現したのって、ここ2～3年なんですよね」

「知ってる。令和の改元で全国に境界裂孔《ハイエイタス》ができてねーか見回った時、あいつもそう言ってたわ。ウダウダして、すげー時間かかってるって」

あのホトケ、あたしから離れてる間にそんなことを。

次に出て来たら、ちょっと問いただしてやらないと。

「ですからすでに顕現されていた堤先生の方から、もっと早く伝えてもらってたら……あたしもテンゴ先生も、北方を護る自覚が芽生えてたかも？　しれないと思うんですよ」

「それ、真剣に言ってる？」

「わりと真剣に」

めちゃくちゃ大きなため息をつかれたけど、そんなに的外れなことかな。

あんたが先に気づいてたんなら、さっさと言ってくれりゃあ良かったってだけでしょ？

なんだったらテンゴ先生が受験する前に干渉することだって、できたんじゃないの？

「持国天が独尊《どくそん》で祀《まつ》られてる寺、どこか知ってっか？」

「え？　いや、知りませんけど……その話、なにか関係あるんですか？」

「関係あるんだよ。けど、ねーんだよ」

「……どっちです？」

「めんどくせーな！　この話は関係あるけど、おれを独尊で祀ってる寺はねーの！」

「ない？　いや、それはさすがに」

「ないの。ググッてもヒットしないレベルでゼロなの。ナッシングなの」

「けど……四天王ですよね」

「そうだよ。だいたい四尊ワンセットか、毘沙門天や増長天とセットで『二天《にてん》』とか『仁天《にてん》』とかでしか祀られてねーの」

「持国天って、抱き合わせメニューだったんですか」

「おまえ、まじでムカつくな!」

「……すいません」

そうなんだ、持国天を単独で祀っている有名なお寺ってないんだ。奈良とか京都なら、どこかにありそうなものだけど。

「それがどういう意味か、おまえにわかるか?」

「全然わかりません」

「クッ——ともかく持国天ってのは、ナゼかそういうセット扱いなんだよ。特に毘沙門天とか増長天の尻拭《しりぬぐ》いっぽいポジを、昔っからやらされてんの」

「あ、なるほど。それで、あたしのせいでもあると」

だから東方へ行ったあたしには強く言えず、今まで渋々と北方を護ってたってことね。

そんな四天王同士のパワーバランスなんて、知るわけないじゃないの。

「まぁ、ある意味? おれはフリーランスの仏でもあるワケだし?」

「ぷふっ——フリーランス」

「ここ、ぜんぜん笑うトコじゃねーよ」

「……すいません、つい」

「なのに急に現れてシレッと『東北で訪問診療をやりますから院長をお願いします』なんて言うじゃん？　それを笑顔で承諾するほど、おれはデキたホトケじゃねーんだよ」

「ですよね……堤先生はお医者さんで、仏様じゃないですもんね」

「……は？　なに言ってんの『おれが持国天』だけど？」

「え……？　いや、そういう意味じゃなくて」

「じゃあ、どういう意味だよ」

「だから守護霊として背負っている仏が持国天で、先生はヒトのドクターですよね？」

なんで頭の上に「？」を浮かべたような顔をしてるわけ？

あたしも千絵さんも芦萱先生も、当然あんたも後ろに背負ってるでしょ？

そこへ鈴カステラみたいになったホットケーキ玉《だま》を、石谷さんが運んで来てくれた。

「堤くん。毘沙門天様はね、まだ『一体化』されていないの」

「まじで!?　このふたり、もう完全にデキてんじゃねーの!?」

「時間の遅れが目立ち始めたのも、最近なんだって。ですよね？　毘沙門天様」

「まぁ……はい」

なによ、デキてるとかデキてないとか。

まさかその「一体化」って、エロい意味じゃないでしょうね。

もちろんそういうのも期待して、このGWはふたりきりで旅行してるのも事実だけど。

「どうぞ、毘沙門天様」

「あ、どうもすいません」

チョコレートシロップのかかった玉状のホットケーキを食べながら、考えてみる。

そういえば石谷さん、ジープの中でも似たようなことを言ってた気がするな。

たしか最近アイツが「出て来ない」って話をしたら、不思議そうな顔をしてたような。

そんなことを考えていると、オートキャンプ場の向こうからバイクの爆音が響いてきた。

なんかこの排気音、聞き覚えがあるのは気のせいかな。

「イヤッハーッ！　持国天のォ！」

遠目にも世紀末な感じがわかるバイクが1台、こっちへ砂煙と共にやって来た。

見たことのある俗悪なシルエットに、なぜか砂まみれの車体。

乗っているのは赤く染めたモヒカン頭に、薄い眉とギラギラした吊り目で最悪の人相。

相変わらずノーヘルはどうかと思うけど、敷地内は安全運転のようで。

派手に砂ぼこりを立てていたわりには、安全かつ徐行運転だった。

「おーっ、ウェズさんじゃーん」

「カハァ――ッ！　北方と東方の二天がそろっているとは、これまた奇遇な」

空ぶかしを1回して、ギラギラした視線を送っているウェズ・大間さん。

大禍時共済組合の「グース・ライダーズ」は、本当に全国展開していたのだ。

「こいつらのことは気にしなくていいよ。で、どしたの？」

「少しばかり、手を借りたいと思ってな」

ということは、まさかこのあたりに「異界の門」が？

待って待って、あれって超レア現象だって、タケル理事長が言ってなかった？

逢魔時に異界の門に出くわす確率なんて、横断歩道を青信号で渡ってたのにダンプが突っ込んで来たけど間一髪で避けたところへ雷が落ちてくるレベルじゃなかったの⁉

「まじで？　けどこのあたり、そんなにオドも多くないはずじゃん」

「いいや。米沢《よねざわ》駅前で、間違いない」

「えーっ。北関東方面部隊でも呼べば？」

「福島駅前に回しておってな。米沢駅前を、果たして単身で抑えられるや否や」

「同時にかよ……このご時勢、何処《どこ》も彼処《かしこ》もヒトの負の渦《オド》だらけだな」

「時間がない。頼めるか、持国天の」

気づけば、あたりはすでに夕方。

オレンジがかっていく空の色からすると、いわゆる逢魔時まであとわずかだろう。

「行くに決まってんじゃん。おれ、持国天なんだぜ？」

ウキウキしながら、立ち上がった堤。

もちろん樽原さんと石谷さんも、火の始末をして出かける準備を始めている。

「せ、先生……これって、どういうことなんですか。あたし最近、なんだか色々と話についていけないことが多くて困ってるんですけど」

「……異界の門に、これほど遭遇するものだろうか」

「ですよね！　あれは超レア現象だって、タケル理事長も言ってましたよね⁉」

「しかもウェズさんが、わざわざ持国天に助けを求めて来たというあたりが……俺はどうも腑《ふ》に落ちない」

「そうか……江戸川町駅前の時は、あたしには何も言ってきませんでしたもんね」

「それにツツミ先生が手を貸そうにも、自在に持国天を呼び出せなければならない。それとも異界の門を前にすると、四天王が自ら判断して出て来てくれるのだろうか」

「だって江戸川町駅前では、後ろのアイツは出て来ませんでしたよ？」

もしかして、あたしと後ろのアイツが上手く付き合えてないだけなの？

みんなもっと「呼ばれて飛び出てハイどうも」みたいに、フレンドリーな関係なの？

「おーい、ちょうどいいや。毘沙門天と天邪鬼も、ついて来いよ――」

フードをかぶった上下迷彩スウェットに、トレッキングシューズのまま。

ヘルメットを小脇に抱えた堤は、すでにウェズさんのバイクの後部座席に乗っていた。

「――おれが持国天だ、って言った意味を教えてやるから」

不敵な笑みを浮かべた、堤の真意も分からないまま。

テンゴ先生とあたしは、バイクのふたり乗りで後について行くしかない。

得体の知れない渦に巻き込まれるような、不安に駆られながら。

いつになったらふたりきりの旅行に戻れるのか、まったく見当もつかなかった。

▽▽▽

前を走る、ふたり乗りのいかにも俗悪なバイク。

ウェズさんがヘルメットをかぶってくれただけマシだけど、見てくれが全身革製のプロテクターに膝パッドからスネ当てまで付けた革パンにブーツでは、言い訳できない。

後ろに乗っている堤なんて、迷彩柄の上下スウェットにフードをかぶったまま、その上にスケボー用みたいなヘルメットを申し訳程度にかぶっているだけ。

それを追うように、テンゴ先生の運転するバイクがあたしを乗せて疾走する。

はたから見れば、これはどう考えてもただの暴走族だ。

「アヅキ！　そろそろ、米沢駅前だ！」

「せ、先生――だ、大丈夫ですかね！」

「どうした⁉」

一度は逢魔時の境界世界や異界の門を経験しているとはいえ、やはり緊張が走る。

だってあの八田さんとM&D兄弟が、フル装備なのに顔色を変えていたのだから。

「また、この前みたいなことになったら――みんな、オドにやられちゃったら！」

「大丈夫だ！　アヅキには今回、境界の外側で待っていてもらう！」

「えっ⁉　それ、どういうことですか！」

「キャンプ場でひとりにするのは心配すぎるので、連れて来ただけだ！　アヅキを危険な逢魔時の境界世界になど、入れるつもりはない！」

気づくと前を走っていたウェズさんのバイクが速度を落とし、隣を並走していた。

会話が聞こえているのか、後部シートに乗っている堤がにやにやしている。

「テンゴ先生！　あたしだって、毘沙門天を背負ってるんですよ⁉」

「そうだ！　恐らく俺の考えていることが当たっているならば、そういうことだ！」

「そういうことって⁉」

「おいおい。まだわかんねーのかよ、毘沙門天――」

不意に2台のバイクは、目の前に広がる米沢駅前のT字路で止まった。

信号が青に変わっても進まないあたしたちに、後ろの車がクラクションを鳴らす。

左手にはタクシー駐車場《プール》、右手にはモニュメントとバス停。

そして正面には、それほど大きくないけど、白くて綺麗な米沢駅の駅舎が見える。

時刻は日が暮れ始める午後6時半すぎの、逢魔時。

つまりここから先に進めば、境界世界に入るということだろう。

「——用があるのは、後ろのご本尊だけってこと。おまえが毘沙門天と『一体化』してねーんなら、ついてきたって何もできねーだろ？」

バイクを降りてヘルメットを脱いだ堤は、肩をすくめてあたしを見ている。

クラクションと罵声を浴びせて追い越していく車を気にもせず、ウェズさんもバイクから降りて、腕にセットされたボウガンを広げてバイクからあの長い蛮刀を抜いていた。

これではあたしなんて、まるで足手まといの役立たず状態だ。

「そんなこと言ったたって……」

あたしだって好きなように毘沙門天を出せるんなら、とっくにやってます。

だいたい、あんたの言う「一体化」ってなによ。

言っている意味はわからないし、なんとなくムカつくし。

たぶん、あたしのことを「使えないヤツ」扱いしているに違いないし。

「アヅキ。彼の言うことは気にしなくていいから、今はここで待っていて欲しい」

「……先生まで」

タイル敷きの歩道に乗り上げてバイクを止めたあと、先生はあたしを降ろし。

なんとウェズさんから黒い猟銃のような物を受け取り、使い方を教えてもらっていた。

「ポンプアクションの散弾銃《ショットガン》だが、扱い方はわかるか？　天邪鬼の」

「基本的なことは、ずいぶん前に八田さんから一度だけ」

「なぁに、簡単よ。必ず銃床《ストック》をぴたりと肩にあてがい、撃ったらスライドを手前に引いて排莢《はいきょう》、前に押し出して再装填《リロード》の繰り返し。弾が切れたらこれを詰めろ」

「弾は、やはり？」

「発射火薬《ガンパウダー》と散弾に妖狐《ようこ》の殺生石《せっしょうせき》を用いた殺生弾——狙いなんぞ定めなくとも、こいつが勝手に飛んで行ってくれるわい」

先生が銃を手にしてる？

戦うテンゴ先生なんて、今まで一度もなかったでしょ⁉

「ちょっと、先生！　なにする気ですか！」

「こんな短期間に続けて異界の門と遭遇する確率は、限りなくゼロに近いはず。とすれば理由はわからないが、全国的に異常発生していると考えた方がいいだろう。ならば……今後も逢魔時に異界の門と遭遇することは、避けて通れないということになる」

「だからってこれ、先生の仕事じゃないですよね。先生はゲートキーパーでも、異形ハンターでもないんですよ？　ドクターなんですよ⁉」

「だが、ツツミ先生もドクターだ」

「あの人は持国天を背負ってる、特例中の特例です！」

「それに『一体化』がどのようなものか、見ておく必要はあるだろう」

「そんな必要、なくないですか？　異界の門って、アレですよ？　江戸川町駅前に現れて、八田さんや屈強なM＆D兄弟まで点滴するはめになった、アレですよ!?」

「それでも見ておく必要はある。おそらく一体化は、俺とアヅキの問題でもあるだろう」

「……あたしと、先生の問題？」

「それを確かめたい」

そう言って背を向けたテンゴ先生は、似合わないショットガンを手にして、先を行く堤とウェズさんのあとを追って行ってしまった。

「先生――」

確かに毘沙門天なしだと、あたしはわりとダメな医療事務でしかないけど。

だからといってあたしだけ、この安全な場所で待ってるの？

がんばってくださいね、ここで待ってますから、と手を振って？

もちろんあたしが行ったところで、足手まといにしかならないかもしれないけど。

もしかしたら今日は、後ろのアイツを引きずり出せるかもしれないじゃない。

それに――なんであたしがテンゴ先生と、離ればなれにならなきゃならないの！

あたしはわりとヤバい状態になりながら、先生の深層心理まで潜ったこともあるの！

あたしと先生はね、死がふたりを分かつまでずっと一緒にいるって約束した仲なの！

「――あったまキタ！」

ていうか出て来いってのよ、役立たずのバカ仏！

今日はラマーズ法でも何でもして、絶対に引きずり出してやるから！

「待って、先生ぇ――ッ！」

「な――アヅキ!?」

追いかけて先生に飛びついた場所が、ちょうど異界の境界線だったのだろう。

世界を動かしていた駆動音が停止したような、あの感覚が走る。

この世の色彩は失われ、周囲はモノクロになった。

「なぜ入って来た」

「あたしと先生は、死がふたりを分かつまでずっと一緒なんです」

「エ……？」

「そう言ったのは、先生ですよ？」

けど今回は、あたしたち以外の人影が駅舎の前にちらほら見えた――ということは。

すぐに、ウェズさんの雄叫びのような大声が響いた。

「わしが全国大禍時共済組合グース・ライダーズ、ウェズ・大間である！　そこのあやかしたちよ、これより逢魔時が終わるまで異界の門が開くゆえ、急ぎこちらへ走れい！」

駅舎から慌てて逃げて来たのは若いカップルふたりと、子供を抱っこしたお父さんとベビーカーを押したお母さんと赤ちゃんの親子連れ。

今回はこの6人も一緒に、逢魔時をやり過ごさなければならない。

ホント後ろのアイツ、お願いだから今日だけは出て来てくれないかな。

「アヅキ。俺の後ろでベルトを握り、背中にくっついて同じように動いて欲しい」

「は、はい！」

言われるがまま、テンゴ先生の背後に回って腰のベルトを両手で握った。

つまり先生は、正面から完全にあたしを覆い隠す楯になるつもりなのだ。

「俺が右脚を動かしたら右脚を、左脚を動かしたら左脚をそろえて出すんだ。決して駆け出したりしないので、落ち着いて、後ろにさがる時は必ず右脚からと決めておこう」

「はい！　あ、あたしもがんばって——なんとか後ろのアイツを、引きずり出します！」

「大丈夫。死がふたりを分かつまで、俺たちはずっと一緒だ」

そう言って先生が、手にしたショットガンにガシャッと1発目を装塡《そうてん》すると。

モノクロになった米沢駅の駅舎を覆い隠すほどの、巨大な門が姿を現した。

それは相変わらず何をモチーフにしたのか分からない、歪なフレームの歪な門。

その隙間が少し開くと、霧のようなオドがごうっと音を立てながら、地面を這うように門の中へと流れ込み始めた。

その光景はやはり、餌を吸い込んでいるようにしか見えない。

「おーい、そこのお母さーん。ベビーカーは地面に近すぎて、赤ちゃんがオドに思いっきり曝《さら》されるからさー。高い位置に抱っこしといてやってー」

「ほう。気が利くな、持国天の」

これが守護霊と「一体化」できる者と、できないどころか守護霊が姿も現さない役立たずなあたしとの、圧倒的な違いだろう。

スウェットのフードを目深にかぶって両手をポケットに突っ込んだまま、堤は余裕の表情でウェズさんと話をしている。

「どのみち、あとで診察すっけど……乳幼児は脱水と低血糖に傾きやすいからなー」

「がっはっはっ。さすが、腐っても医者よのう」

「見た目で判断してねーか？　別におれ腐ってねーし、フツーの医者だし」

今から戦う緊張感なんてこれっぽっちもないし、堤は異界の門を気にもしていない。

テンゴ先生が言った通り、一体化の実態は見ておく必要がありそうだけど。

この期に及んでもスウェットのポケットに手を突っ込んだままの堤が、門に背を向けてこちらへふらっとやって来た。

悔しいけどこいつ、ホントにこの状況をなんとも思っていないのだ。

「ちょ――門はいいんですか!?　開きかけてますけど!?」

「あー。ウェズさんが閉め切れなかったら、おれの出番ってことで。それより、やっぱ毘沙門天が背中から『出て来る』感じはないワケ？」

「それよりじゃなくて！　最初からウェズさんと協力した方が良くないですか⁉」

「いやいや。それじゃあ、おれの『一体化』の凄さが伝わんねーじゃん？」

「ハァ？」

「それをおまえらに見せて、色々と考えてもらうために連れて来たワケなんだし。お付きの騎士《ナイト》もヤル気満々なんだから、慌てなくても大丈夫っしょ」

足元をびょうびょうとオドが吸い込まれていく中、斜に構えた堤が先生を見ている。

その視線を真正面から受けたテンゴ先生は、いつもの淡麗な表情のままそれに応えた。

「俺はどんなことがあっても、逢魔時が終わるまでアヅキは護ります。ですが、あちらのふたりとご家族まで護り切る自信は……正直ありません」

「天邪鬼なのに、なんでこういう時だけ素直なの？　あ、だから逆に天邪鬼って感じ？」

「いえ、そういうわけでは」

「だったら大学入試の時も、素直に北の医学部を受験してりゃ良かったのに」

「その件に関しては……」

「まぁ、いいや。肩の力を抜けよ、Dr.天邪鬼。あっちは、おれが面倒見るからよ――」

なんで今、その話を蒸し返すわけ？

どれだけ余裕があるか知らないけど、怯えてるあの人たちの身にもなりなさいよ。

「――そこの、一般あやかしさんたちよーっ！　おれの後ろへ来てくんねーかな！」

たぶんこのヒトたちも、異界の門なんて見るのは初めてのはず。

あっという間に駆け寄ってくると、堤の後ろでお互いに肩を寄せ合った。

「このイケメン先生とおれのラインより、一歩も前に出るなよ？」

「は、はい――ッ！」

「それから恐くて腰が抜けても、へたり込むんじゃねーぞ。誰かが立ってられなくなったら、誰かかが手を貸してやってくれ。ムダにオドを吸っちまうからなー」

「わかりました！」

「逢魔時が終わるのを待ってりゃ、あの門は消える。それまでここは、おれがヨユーで護る。泣いてもわめいてもいいから、絶対にパニくって走り出すな。動くな。ＯＫ？」

ニッと笑顔を浮かべて親指を立てた堤に、少し安心したのだろうか。

６人は黙ってうなずくと、なるべくオドを吸わないようにハンカチを取り出していた。

悔しいけど今のあたしには、堤のようにみんなを安心させることなんて言えない。

それどころか、背後から毘沙門天が出て来る気配すらしないのだ。

「そっちへ行ったぞ、持国天の！」

ウェズさんは全体重をかけて、開こうとしている門を押さえつけている。

そこへ轟々と地を這って流れ込むオドと、門から這い出そうともがく無数の影があった。

「な――なんですか、あれは！」

それはバスケットボールぐらいの塊、というには歪すぎた。

ぐにぐにと変形し、足掻き、捻《ねじ》れた、エクトプラズムのような塊。

あたりは色彩を失っているのに、そいつらだけが赤黒く浮かび上がっている。

はっきりした顔や手足があるわけでもなく、まるで人の形を成していない。

それなのになんとなく、あのあたりが手足で、あのあたりが口ではないかとわかる。

でも次の瞬間にはまた形を変え、体のパーツは別の場所に移っていた。

「あれが異形。あやかしとも霊魂とも違う、純粋な悪意だ――来るぞ、アヅキ！」

地を這って流れるオドを飲み込みながら、滑るようにこちらへ向かってくる異形。

これって誰かが門まで行って、ウェズさんに力を貸した方がいいんじゃないの!?

どうでもいいからバカ仏、出て来て手を貸しなさいよ！

ドン――ッ、と頭上で空気が鈍く裂けるような音が響いた。

「おーっ。上手いじゃん、天邪鬼センセー」

なにしてんのよ、後ろのバカ仏！

いま出て来なかったら、あたしがここへ飛び込んで来た意味がなくなるじゃないの！

「くっ――」

空気が鈍く破裂して銃声が続き、向かってくる歪な塊は砕け散っている。煙る薬莢をショットガンから勢いよく吐き出し、次の弾丸を装塡するテンゴ先生。撃ち、這い寄る異形が砕け散り、薬莢を吐き、また装塡するの繰り返し。

テンゴ先生にショットガンなんて、似合わない。

先生には白衣と聴診器が似合うのだ、キッチンと中華鍋が似合うのだ。

「アヅキ！　右脚から下がるぞ！」

「り、了解！」

「次、左！」

「はい！」

それでも押され、一歩ずつ後ずさっている。

この状況で、堤は――。

「いよーっし、おれの出番だな！　行くぜ、たるけん、いっしぃ！」

なに言ってんの、樽原さんも石谷さんもキャンプに残ったでしょ。

そう思った瞬間、声が直接あたしの脳内で響いた。

『つっつん、引っぱりすぎですよ。みなさん、怯えてるじゃないですか』

『ほんと、堤くんって子供よね。いい歳して、人の気持ちも考えられないんだから』

「出て来るなり、説教すんな！　あと、いい歳って言うなや！」

『ほらぁ、ウェズさんにも迷惑かかりますし』
『ちょっと、乳幼児がいるじゃない。早くしなさいよ、それでも医者なの？』
この声は、間違いなく樽原さんと石谷さん。
出て来るもなにも、ふたりはどこに？
「だーっ、わかったって！　いくぜ、法力《ほうりき》──」
『いい加減にヤメませんか。その意味のない掛け声、要らないでしょ？』
『ニチアサ好きも、ここまでくると……まったく』
「──いいだろ、言わせてくれよ！」
なんなの、この状況。
なんで和やかなの、その前に樽原さんと石谷さんはどこにいて、何をしているの？
そんなあたしの困惑と動揺も知らず、堤は意味不明な言葉を叫んだ。
「法力合体《ほうりきがったい》、マハメル──ッ！」
堤と重なるように、上下迷彩スウェットの上に合戦用みたいな甲冑《かっちゅう》が現れて装着され、
両脚には武具のようなスネ当てまで付いた。
ぶんっと振り切った左手には長い槍のような得物《えもの》を握り、続けて振った右手には独鈷杵《とっこしょ》
──閉じたフォークの先端がひとつの塊になり、両端に付いている法具を持っていた。
しかも世界はモノクロだというのに、堤は眩しいほどの極彩色を放っている。

フードと顔がそのままというのがビミョーだけど、この姿はパパの本で見た記憶がある。

「おれが、持国天だァ――ッ！」

それに呼応して、炎を纏《まと》った後光が輪になって堤の背後で回り始めた。

あんた、どうなっちゃったの！

一体化って、持国天に変身することなの⁉

ていうか、樽原さんと石谷さんの役割は⁉

それって3人合体っていうか――ごめん、ぜんぜん理解できない！

「とう――ッ！」

槍みたいな得物をブンッとひと振りするだけでオドも異形も消し飛び、堤の前には何もない半円形の「無」が現れている。

それを乗り越えて飛びかかってきた異形には、独鈷杵を握ったまま鉄鎚《てっつい》を下し、その勢いで体を捻《ひね》りながら再び得物をひと振りしてなぎ払う。

オドと異形が消し飛ぶ範囲はどんどん広がり、その空間には色彩さえ戻っていた。

「アヅキ……あれがツツミ先生の言っていた、守護仏尊との『一体化』だろうか」

必死にショットガンで撃退していたテンゴ先生が、思わずその手を止めてしまった。

後ろで身を縮めていたあやかしさんたちも、呆然と立ち尽くしてその光景を眺めている。

「だと、思いますけど」

「彼はさっき『法力合体マハメル』と叫んでいた気がするが、あれは」

「ちょっと、なに言ってるか分からないですね」

「それ以前に俺は、持国天の姿を見ていないのだが……一体化というのは？」

「甲冑パーツに分割されて、保存されてたんじゃないですか？　知らないですけど」

「しかし……いずれアヅキも、あの姿になるのだろうか」

「……想像もしたくないです」

あたしも甲冑を着せられて、炎の後光を背中で回しながら暴れなきゃダメなの？

ていうかその時のテンゴ先生って、あたしにとって何ポジになるワケ？

まぁその前に、毘沙門天のヤツが出て来る気配がまったくない方が大問題だけどね！

「あっ、先生！　来てます、まだこっちにも来てますっ！」

あっけにとられている間に詰め寄って来た異形へ、テンゴ先生が銃を向ける前に。

なんちゃら合体して持国天と一体化した堤が、得物を縦にひと振り。

飛びかかってきた異形が滅せられただけでなく、その衝撃波が向こうまで飛んで行って、
別の異形も消し去っていた。

「ツ、ツツミ先生……圧倒的じゃないですか」

「堤じゃねェ！」

「エ？」

「おれが、持国天だァ――ッ！」

うおーっと叫びながら、なぎ払いながら、鉄鎚を下しながら、なんだったら後光の輪から火炎放射器ばりに炎をまき散らして焼き払いながら、異界の門へと駆けていく堤。

あれだけ無数に門から這い出た異形も、今は散り散りになって地面へ染み込んでいく。

たしかにこれなら、あたしたちがいなくても変わりはなかっただろう。

そして堤がどうしても見せたかった持国天との「一体化」は、いろいろ圧倒的だった。

けどあれを見せられたところで、あたしの背後には何も起こる気配はない。

「待たせたな、ウェズさんよ！」

「おう！　持国天の！」

「あいつらに教育的指導をしてたもんで――よっとォ！」

そのまま勢い、バーンと門に体当たりをかました持国天。

今まで必死に押さえていた俗悪なウェズさんが子供に見えるほど、異界の門はあっけなく閉じてしまった。

「最後の封を頼むぞ、持国天の！」

「りょっかーい。オン・ヂリタラシュウタラ・ララ・ハラマダナ――」

これはたぶん、持国天の真言《しんごん》だろう。

右手の独鈷杵を閉じた門に突き出し、最後のひとことを叫んだ。

「――ソワカァッ！」

閉じた門に、割り印を押すように焼き付いた記号――おそらく、持国天の梵字《ぼんじ》。

それと同時に境界世界は色彩を取り戻し始め、歪な異形の門は消えていく。

そりゃあウェズさんが、堤に応援を頼みに来るわけだわ。

「イェアッ、完遂《かんすい》ィ――ッ！」

鼻息荒く堤が両手を空高く突き上げると、持国天パーツは一瞬で消え去り。

あとには上下迷彩柄スウェットにフードをかぶった、あの堤が平然と立っていた。

それを見計らったかのように、オートキャンプ場に止めてあったマイクロバス並みのキャンピングカーが、米沢駅の前までやってきた。

「つっつん、お疲れー」

運転席の窓から顔を出したのは、やはり樽原さん。

石谷さんは急いでドアを開け、オドに曝されたあやかしさんたちを収容していた。

「ご安心ください。私たちは持国天のDr.堤が率いる、訪問診療ユニット・ヂリです。みなさんはこちらで、少し休んでから帰りましょう。必要があれば処置や処方もします」

なんという連携だろう、まるで見ていたかのようなタイミングで。

6人を収容したマイクロバスはそのまま駅の駐車場に入って行き、すぐに移動診療所として稼働し始めてしまった。

ということは、さっき聞こえていた声は？

なんか物理的な距離を超えて、魂だけが集まってたってこと？

「さすがであったな、持国天の」

「いやぁ。ヨユーでしょ、ヨユー」

堤と軽くこぶしを当てて「お疲れさま」の挨拶を交わしたあと。

ウェズさんは、テンゴ先生に渡していたショットガンを受け取りに来た。

「そちらもサマになっていたぞ、天邪鬼の」

「お役に立てず、申し訳ない」

「がっはっはっ、気にすることはない。まだ時が満ちていない、ということであろう」

「……それは、どういうことで？」

「わしは福島駅の方を見に行くので、これにて」

ウェズさんはまた俗悪なバイクに乗り、颯爽と米沢駅の前から姿を消した。

相変わらず現れるのも突然なら、去って行くのもあっという間だ。

「おーい、天邪鬼先生よー」

戦ったあとの特別な疲労感も達成感もなく、堤はスウェットに両手を突っ込んだまま。

息が上がっているどころか、汗ひとつかいていなかった。

「ツツミ先生、すいませんでした。何もお役に立てなくて」

「別に、それはいいんだけどさー。あっちで診察を手伝ってくんね？　6人もいるし、乳幼児もいるし、さすがにおれひとりだとツレーわ」

「もちろんですが、その前に。ツツミ先生に、2点ほどお伺いしたいことがありまして」

「なんだよ、2点て。学会の質疑応答《しつぎおうとう》みてーだな」

「まず、1点目です。実はつい先日も、東京の江戸川町駅前で異界の門に出くわしました。いくら逢魔時とはいえ、それほどの頻度で異界の門は出現するものなのでしょうか。2点目ですが、先生方の仰る」

「待て待て。そうやっていっぺんに延々と質問するヤツって、どの学会会場にも必ずいるけどな。おれはいちいち、メモなんて取らねー主義なの。1個ずつにしてくれ」

「すいません、つい」

持国天の医師と天邪鬼の医師――。

どっちが偉いとか、そういう上下関係はないと思いながらも。

なんとなく堤が教授でテンゴ先生が部下のように見えて、あまりいい気分がしない。

「まず、異界の門が最近やたら出て来るって話な。これはこのご時勢、仕方ねーだろ。外出も外食も会食も帰省も、全部自粛。そんな心に溜まりまくったオドなんて、ヒトが昇華できるはずねーから。あとは外に向けて、垂れ流すしかねーじゃん」

「仰るとおり……誰も彼もが『彼の禍』によって、鬱々とした負の感情を内包しつつ、対外的にも殺伐としています」

「なにその『彼の禍』って」

「これは世界的に大流行中の忌々しい新型ウイルス感染症を名前で呼ぶと、言霊的に力を貸してしまうのではないかと。そう考えたアヅキが付けた、新名称でして」

「へー、言霊か。いいな、その考え方。おれらも『彼の禍』って呼ぼうかな」

「アヅキはそういうセンスにおいても、とても優れた女性だと思っています」

「知らねーよ。てかそれを聞かされて、おれは何て言えばいいワケ？」

「……すいません、つい」

先生、褒めてくれるのは嬉しいんですけど。

あまり知らない人に向けて堂々と言われると、それはそれであたしも恥ずかしいです。

「ともかく日本全国津々浦々、老若男女を問わず、世界は『彼の禍』のせいでオドだらけなワケじゃん。そんなの門の中に存在する異形にしたら、格好の『餌』でしかねーよな」

「では増えた餌《オド》の分だけ、それを吸い込む門も増えたと」

「生態系と同じっていうか、自然の摂理っちゃ摂理だけど。もともと異界の門って、浮世の負の渦《オド》を吸い取ってくれる、掃除機みてーなモンじゃん？」

「エ……そう、だったのですか？」

「え、知らなかったとか？」

「……あまり日常で、触れ合う機会がなかったもので」

それを聞いて、ヤレヤレと首を振っている堤だけど。

だって元々、超レアな現象なんでしょ？　そんなことはひとことも言っていなかったし。

タケル理事長だって八田さんだって、そんなことはひとことも言っていなかったし。

「門がオドの掃除機、中に居るその捕食者が異形」

「しかし門が開けば、その異形が外へ漏れ出るわけですが……」

「だいたいペットって、扉を開けたら飛び出すだろ」

いやいや、なに言っちゃってんの？

ペットとか、そういう可愛らしいモンじゃないから。

「それがここ1年、吸い込むオドの量が急激に増えてんだってよ。ウェズさんの話だと門の内圧は上がり続けてるようだし、圧縮と温度上昇がこのまま続けば、明日にでも門は『魔道』と繋がるってさ」

それを聞いて、テンゴ先生の顔色が変わった。

異界の門と異形に続き、こんどは魔道という知らない言葉が出て来た。

医療でもあやかしでも仏尊の話でもないので、あたしにはサッパリわからないけど。

どうやらテンゴ先生には十分理解できて、なおかつそれは恐ろしいことのようだった。

「魔道……封じられる者など、この世に存在するのですか？」

「それをやれるのが、依《よ》り代《しろ》と『一体化《ハイエイタス》』した四天王なんだわ。守護仏尊だけだと四尊集まっても、せいぜい常世《とこよ》との境界裂孔を閉じるぐらいまでかな」

「なるほど。それでツツミ先生は、いち早く一体化されたということですか」

「まぁ、別に……小学生の頃から顕現する必要は、なかったんじゃねーかとは思うけど」

「そこで2点目の質問です。守護仏尊とそれを背負う者が一体化するには、どうすれば」

「あー、待て待て。それを質問すること自体、すでに的外《まとはず》れだな」

「……すいません。おっしゃることの意味が、理解できないのですが」

やれやれと、堤にため息をつかれてしまった。

もちろんあたしだって、あんなニチアサ系の変身がしたいワケじゃないけど。

あたしたちは今後に備えて、その「一体化」の方法を知りたくてついて来たのだ。

「あのな。おまえらがおれに会いに来たこと自体、毘沙門天の一体化に必要な『きっかけ』作りでしかなかったのよ」

「きっかけ？　ですが私たちは、ツツミ先生に新規クリニックの――」

「おまえらホントに『オレを説得するため』だけに、わざわざここまで来るハメになったと思ってるのか？」

「い、いえ……それは正直、その……アヅキとのドライブ旅行のついでぐらいにしか」

「正直すぎるわ！　イチャラブ旅行の片手間だったとしても、そこは黙っとけよ！　くっそ、ホントに天邪鬼かよ――違うんだよ、そうじゃねーの」

「……エ、違う？」

堤の言葉は、あたしたちを困惑させた。


「院長の依頼なんて、おれはハナから『受ける』つもりだったの」

「エ――ッ!?　しかし先生は、あれほど頑なに断って……もしや、天邪鬼なのでは」

「ちげーよ、持国天だよ！　素直に『はいそうですか』って引き受けたくなかったの！」

「それは、伺っていましたが……」

あれだけヘソを曲げておいて、あれだけ大人げないことを言っておいて。

今さら、依頼は受けるつもりでしたって？

そんなこと、簡単に信じられるはずないでしょ。

「この『新クリニックを建てるプラン』そのものが、おれとおまえらがここで会うためにお膳立てされた『筋書き』だったってことだよ」

それを聞いて、先生もあたしも顔を見合わせた。

だってこの話は、あたしが石垣島から帰ってきた時がスタートのはず。

だとしたらそれ以降のことはすべて、この時のために紡がれたものだと言うの？

「ですがこれは、何年も前からタケルが計画していたもので……それがツツミ先生に会うためのきっかけにすぎなかったというのは、どうにも時系列が合わないというか」

「それを因果律の流れって、言うんじゃねーの？」

いろんな解釈があるらしいけど、要は「そうなるようになっていた」ということ。

つまりあの日、あたしが「もう一軒、あやかしクリニックが建てられるかもしれないじゃないですか」と言ったのは、３年後にこうして堤のところへ来るためだった——。

そんなことって、あり得るのだろうか。

「おまえらの時間では、長い前振りになったかもしれねーけど。おれらにとっては、そんなに長く引っぱったつもりはねーんだよ」

「……時間の遅れ、ですか」

「そうそう、それそれ。おれら3人、めっちゃ楽しく暮らしてるからな」

堤たち3人とあたしたちの時間は、流れる速さが違う。

それはあたしとテンゴ先生の時間が、ヒトの時間とズレてしまったのと同じ原理だろう。

「つまり……アヅキはツツミ先生にお目にかかったことで、毘沙門天と一体化すると？」

いやいや先生、申し訳ないですけど。

堤のなんちゃら合体を最後まで見てましたけど、何も感じるものはなかったですよ？

逆に、ああなったら終わりだなって気持ちになりましたからね。

「きっかけな、きっかけ。けどそうなってもらわねーと、まじで困るんだよ」

「しかし先ほど見せていただいたような力をお持ちなら、それほど困らないのでは」

急に真顔になった堤が、問いただすような視線を先生にぶつけてきた。

まるで別人のように――言うならば持国天として、テンゴ先生に問いただした。

「今までは、おれひとりで十分だったんだよ。けどこれからは、それじゃあ足んねーんだ。

このところ慌てて四天王が顕現『させられてる』のは、たぶんそれが理由だ」

あたしの毘沙門天と芦萱先生の増長天が「同時に」顕現したのは約3年前。

千絵さんの広目天が顕現したのは、ついこの前の話。

あらためてそう言われると、目に見えない強制力が働いた感じは否定できない。

「いくら天邪鬼だからって。それが何を意味しているか、わかんねーワケねぇよな」

「まさか……」

「同時代の同時期、歴史の時間軸では『点』ぐらいでしかないこの瞬間に――しかも彼の
禍にある、このご時勢にだ。四天王がそろって顕現していることは、果たして偶然なのか。

毘沙門天の眷属になるって決めた、オイシャサンならよ。これがどういう意味を持つか、
わかってくれるよな？」

「……世界的な新型ウイルス感染症の流行を抑止するために、四天王は顕現した？」

「タイミング的に、それ目的だと思ってたんだけどよ。そこへ異界の門、異形、さらには魔道も絡みそうでさー。四尊そろって一体化したら、何がどうなって『彼の禍』を食い止められるのか……仏って奴らは、最後まで絶対に結論を教える気がねぇからなー」

そんな困惑と動揺だらけの会話を断ち切ったのは、石谷さんだった。

駅の駐車場で移動診療所になったマイクロバスから顔を出して、わりと怒っている。

「堤くん、いい加減にしなさい！　処置の準備はできてるし、患者さんも待ってるの！」

「い、いま行くとこだったんだよ……」

「たったこれだけの距離を、何分かけて歩いて来るつもり⁉」

急にしょげた堤は、肘でテンゴ先生を小突いていた。

「……おまえのせいだからな。向こうでちゃんと、いっしぃに説明してくれよ？」

「堤くん、聞こえてるの⁉　駆け足！」

「すぐ行くって！　天邪鬼センセーも、手伝ってくれるってさ」

「も、もちろんです。では、アヅキ。少し、ツツミ先生を手伝ってくるので」

そう言って堤とテンゴ先生は、マイクロバス診療所へと小走りで行ってしまった。

あとに残されたあたしには、疑問が山積みのまま残されている。

「あ、あの……先生？」

そもそもこの「新クリニック計画」自体が、因果律の流れにあったとするならば。

石垣島から帰ってきて以来、すべては堤に会うために紡がれていたということになる。

どこから何が始まって、いったい何に向かって流れているのか――。

現代に四天王が顕現した理由は、この「彼の禍」を何とかするためだと堤は言う。

たとえそうだとして、あたしに何ができるというのか。

いくら四天王が超常的な存在でも、相手は新型ウイルス。

吹けば消し飛ぶようなものではなく、世界規模の爆発的流行なのだ。

▽▽▽

米沢駅前での逢魔時は、6人のあやかしさんたちを治療して終わった。

あたしも何かお手伝いできないかと、マイクロバス診療所に行ってみたものの。

どうも持国天と一体化した堤が、かなりオドを蹴散らしていたことで、カップルと親子のあやかしさんたちはわりと元気なまま。

石谷さん手作りのケーキやお菓子で水分や糖分を摂ったあとは、お礼を言って普通に歩いて帰ってしまった。

堤は最初から院長を引き受けるつもりでいたわけで、これ以上は説得の必要もない。オートキャンプ場に戻ったあたしたちは、白川ダム湖畔を離れることにした。

「すいませんねぇ、毘沙門天様。なんだか、騙しちゃったみたいになって」

「いえ、樽原さん……そんなことは」

申し訳なさそうに見送ってくれている樽原さんに続き、石谷さんも頭を下げた。

「堤くんがヘソを曲げていたのは事実ですが……こうしてわざわざご足労願わないことには、諸々の話が進まなかったことをご理解いただきとうございます」

「ですよね……これは来てみないと、わからないですって」

守護仏尊と、それを背負うヒトとの一体化。

そして、一体化しなければならない理由。

たしかにそれらは、ここへ来てみないと理解できないことだった。

——世界的な新型ウイルス感染症の流行を抑止するために、四天王は顕現した。

とはいえ、そんな壮大な責任があると急に言われても。

あたしはあまり実感できていないし、十分に理解もできていない。

そもそも一体化する気配どころか、あいつの姿すら見ていないのだ。

「じゃあ毘沙門天《おまえ》も、サッサと一体化してくれよな。できれば異界の門が魔道と繋がる前に、なんとかしてーからよ」

「……はい。努力してみます」

あたしに世界規模の「彼の禍」をどうにかする力が、あるとは思えないのに。

テンゴ先生が顔色を変え、あれだけの力を誇る堤でも封じられないという未知の存在である「魔道」も、あたしに何とかしろって？

だいたい、魔道ってなに？

せめて「新型ウイルス」か「魔道」か、どっちかひとつにしてくれないかな。

いや、どっちかひとつでも、何ともできないよ？

だーっ、そろそろあたしの頭がパンクしそうなんだけど。

「本来の眷属である羅刹《らせつ》や夜叉《やしゃ》を差し置いて、仏像の足元で踏まれてただけの天邪鬼がおつきを買って出たワケだからな。簡単じゃねーかもしれねーけど、それも何かの縁《えにし》なんだろうし……ま、ふたりでいろいろ、がんばってくれや」

手を振って見送ってくれる3人を背に、あたしとテンゴ先生はドアが羽のように開いたオレンジ色のスポーツカーに乗り込んだけど。

エンジンをかけてハンドルを握るテンゴ先生の横顔は、いつになく真剣だ。

「先生……これから、どうします？」

逢魔時を過ぎて、感覚的には夜の８時ぐらいだと思っていた。

でも当たっていたのは時刻だけで、日付はすでに5月5日になっている。

つまりあたしたちは堤と一緒に、またもや濃密な時間を過ごしすぎてしまったのだ。

「これで、タケルから頼まれていた雑務は終わったな……」

「え？　ま、まぁ……堤先生が、院長を引き受けてくれましたからね」

そもそも「院長の依頼と説得」自体が事実上のダミーというか、口実だったわけで。

拍子抜けというか、用件を達成した実感がないというか、とても複雑な気分だ。

「……俺の組んだ予定は台無しになったが、できれば一緒に来て欲しい場所がある」

「11連休のＧＷ、再開ですか？」

「そう。どうしてもアヅキと行きたい場所が、できたので」

「いいですよ。あたしは先生と一緒なら、どこでも楽しいですから」

「そうか。それは良かった」

極力、今はなにも考えたくない。

横目であたしの確認を取った先生は、カーナビの目的地に那須ＩＣ《インターチエンジ》を入れた。

白川湖畔へ来る前に、那須ではずいぶん遊んだと思っていたけど。

よく考えればあたしの希望１００％で、先生は先生で行きたいところがあったのだ。

「それで先生は、那須のどこへ行きたかったんですか？」

はっきり見えるのは、ヘッドライトで照らされている数メートル先だけ。

街灯の少ない道を走りながら、民家の灯りが窓の外を時々流れていった。

「俺はあの3人が、とても羨ましかった――」

テンゴ先生が那須のことではなく、なぜいまだに堤たちの話をするのか分からない。

あの件は、もう終わった――とも、言えないのは確かだけど。

できればGWの残りは、また先生とふたりきりの楽しい旅行に戻したい。

「――子供の頃からの幼なじみとはいえ、あまりにも強い『絆』で結ばれていた」

「そうですね。医師であり持国天である堤と、コメディカルでスタッフで眷属の樽原さんと石谷さんなのに……まるで上下関係も使役関係もなく、仲良し3人組っていうか。どっちかっていうと堤の方が、ふたりに面倒を見られている感じがしましたもんね」

「あの光景を見て、俺は妬《ねた》ましいとすら思ってしまった」

「……そうですか？　先生とタケル理事長やハルジくんだって、同じじゃないですか」

「俺が言っているのは、仏尊との関係。つまり、アヅキと俺との関係だ」

「けど、あたしは……一体化してパワーアップした持国天なら、もうちょっとしっかりして欲しいと思いましたね」

「いや。それはツツミ先生がタルハラさんとイシヤさんを完全に信じて、身を委《ゆだ》ねているからこそ、ありのままの姿でいられているという証だろう」

「ありのままっていうか……何歳《いくつ》だよ、っていう気がしないでもないですけど」

「すでにツツミ先生たちにとって、ヒトの時間と年齢は意味を成していない」

「あ、そうか……」

ガンダルヴァとピシャーチャと持国天が、子供の頃からずっと一緒にいるのだ。

そんな濃密な時間をすごせば、どれだけ時間は遅れるだろうか。

石谷さんが竈神のひょっとこ君の家に行く途中に、話してくれたことを思い出す。

——あのふたりがいてくれれば、それで私はいいんです。

「タルハラさんとイシヤさんは、ツツミ先生に身を委ねられているからこそ、逆に思いのままを口にする。それが相互に作用して、あの3人の絆を強くしているのだと思う」

「でしたね。樽原さんは面倒見のいいお兄さんみたいで、石谷さんは甘やかし上手で締め上手なお姉さんみたいで」

「俺にとって、アヅキは絶対に必要な存在だが……アヅキにとって俺は、身を委ねてもらえるだけの存在なのだろうか」

テンゴ先生はハンドルを握り、暗いフロントガラスの向こうを見つめたままつぶやいた。

あたしには先生の真意が、さっぱり理解できない。

「なに言ってるんですか。あたしは先生のこと、全身全霊で信じてますよ？　全然まったく、疑ったことなんてないですから」

「ではなぜ、毘沙門天はアヅキと一体化しない？」

「……なんで今さら、毘沙門天と一体化の話になるんですか」

「眷属との強い絆があるから、ツツミ先生は持国天と一体化できたのではないだろうか」

あたしはそんなこと、またあとで考えればいいぐらいにしか思っていなかった。

いま考えてもすぐに解決しないことは、後回しではダメなのだろうか。

せっかく雑用から解放されたのだから、もっと先生と一緒に楽しい時間を過ごしたい。

でもなぜかテンゴ先生にとって、守護仏尊とあたしの一体化は大きな気がかりなのだ。

わずかな沈黙の間に車は東北自動車道へと合流し、闇夜を南へと下り始めていた。

「あ、あたしだって……テンゴ先生とは、その……強い絆で結ばれてると思ってますし」

「しかし俺は天邪鬼であって、毘沙門天にとっては本来の『眷属』ではない」

「ちょ……それ、どういう意味です？」

「広目天と眷属である富単那の結婚式に参列した時から、漠然とした不安があった――」

先生はまるで抱えていた不安をすべて吐き出すように、少しだけ口元が震えていた。

こんな顔のテンゴ先生を見るのは、初めてだ。

「——毘沙門天の眷属は、羅刹と夜叉。決して、あやかしの天邪鬼ではない」

まさか先生は、毘沙門天が一体化するためには他の誰か——見たことも聞いたこともない、羅刹だか夜叉だかの存在が必要だとでも思ってるのだろうか。

別れ際に堤が、テンゴ先生に言った言葉を思い出した。

——本来の眷属である羅刹や夜叉を差し置いて
間違いない、あたしとテンゴ先生がこんな雰囲気になったのは、あいつのせいだ。

だいたい誰よ、羅刹と夜叉って。

昔はそういう名前を付けたがるヤンキーや暴走族がいたらしいけど、もう令和だから。

「そんなの、ぜんぜん関係ないですから!」

「アヅキ……」

「先生は——死がふたりを分かつまで、あたしと一緒なんです!」

静かな車内で、思わず声を大きくしてしまった。

こんなくだらない話を続けても、ちっとも楽しくないのに。

「もちろんそれは、俺の言ったことだが……」

車はまっすぐに東北自動車道を南へ下り、目的の那須ICを降りてしまった。

テンゴ先生とこんなに気まずい雰囲気になったのは、間違いなくこれが初めて。

でもちゃんと真正面から受け止めて話をしないと、堤たちのような絆は生まれない。

とはいえ、これって間違っても別れ話にならないでしょうね。

あたしたち、死がふたりを分かつまで一緒なんですよね？

「……俺はアヅキにとって、少しも丁度よくないのかもしれない」

「先生……？」

いやいや、待って待って！

ちょ――どこで何がどうなったら、そういう話になるワケ!?

ちょうどよくないって、どういう意味ですか！

なにこれ、もう泣きそうなんだけど――まさか、別れ話じゃないですよね！

「俺が吸血鬼ならば、迷わずアヅキの頸静脈《けいじょうみゃく》に牙をたてるだろう」

「……はい？」

先生の話は、相変わらず斜め45度にズレていた。

わからない――ここから別れ話になるような気配はないと思うけど、どうだろう。

「それがアヅキを永遠に闇の住人にすることだとわかっていても……俺は自分のエゴだとわかっていながら、きっとアヅキをこちら側の世界で抱きしめ続けるだろう」

「……ど、どうも」

「本当に俺は、丁度よくないのだと思う……」

やっぱり分からない、先生の言ってる「丁度よくない」の意味が分からない。

たぶん別れるとか距離を置こうとか、そういう話じゃないとは思うけど。

結局テンゴ先生がひとりで悩む形になったまま、車は目的地に着いてしまった。

「え？　先生、ここって」

暗闇の中でヘッドライトに浮かび上がったのは、イギリス郊外にあるような教会。

これは忘れるはずもない、まったく知らない人のチャペル・ウェディングに巻き込まれて少しも楽しめずに心臓が痛くなって終わった、那須高原のセント・ミッシェル教会だ。

「閉館時間だが、スタッフをしている人魚のクォーターの方に、話はつけてあるので」

「……話って、なんのことです？」

先生がヘッドライトとエンジンを切ってしまったので、車を降りるしかない。

タイル敷きのアプローチと、立派な柱に支えられた入口のポーチと大きな扉。

そんなライトアップされた白亜の教会へ吸い込まれるように歩いて行くと、そこにはタイトな礼服を着た美人さんが、あたしたちを待っていた。

「お待ちいたしておりました、毘沙門天様。当美術館のスタッフ・リーダーを務めさせていただいております、翠湖《すいこ》と申します」

「申し訳ありません。急に無理なお願いをしたのに、快諾《かいだく》していただくとは」

「いいえ、とんでもございません。毘沙門天様に当教会を選んでいただくことは、わたくしどもにとっても大変名誉なことでございますから」

「いや……あの、あたしは……別に、選ぶもなにも」

にこっと笑みを浮かべた翠湖さんは、闇夜に浮かび上がった白亜の教会の扉を開けた。

その光景を前にして、あたしは本当に言葉を失ってしまった。

ドーム状の高い天井も、そこから曲線で伸びる壁も柱も、眩しいぐらいに白い。

吊り下げられて輝いているのは、もちろんシャンデリア。

入口から祭壇までまっすぐ続くバージンロードは、赤に縁取られた純白で。

その両横に並ぶ長椅子は、アンティークを思わせる木造ながらも趣と歴史を感じさせ、やはり純白のブーケとリボンで祭壇まで繋がれていた。

「な……こ、これは……」

ようやく声は出せたけど、それ以上は言葉にならない。

祭壇の後ろの壁には美しいステンドグラスが天井まで伸び、すぐ隣には見あげるばかりのパイプオルガンがある。

この光景は誰もが憧れる、チャペル・ウェディングそのもの。

そんな入口で呆然と立ち尽くすあたしの手を、テンゴ先生が優しく指を絡めて握った。

「アヅキの歓迎会をした、3年前のあの日。すでに俺の中でアヅキが理由《わけ》もなく大事な女性《ひと》だと認識していたことに、俺は困惑していた」

「……え？」

先生がいつの話をしているのか、あたしにはすぐにわかった。

歓迎会を飛び出してアパートに帰ったら、ぬらりひょんの赤津《あかつ》くんが居た時のことだ。

「出会ってたった数日しか経っていないのに……毘沙門天と天邪鬼の関係だと知る前から、なぜか本気でそう感じたことが、ともかく不思議でならなかった」

あたしが何か言う前に、先生はあたしの手を引いて祭壇へとゆっくり歩き始めた。

するとそれに合わせ、パイプオルガンの演奏が始まった。

穏やかで、優雅で、荘厳な美しさに満ちあふれている、太くも温かい音色。

これは先生がいつも部屋で聞いているのであたしも覚えてしまった、有名なクラシックの名曲「G線上のアリア」だ。

「そのせいだろうか。俺はなんとしてでも、千葉の里山に咲く青い花の生薬《しょうやく》畑をアヅキに見せたいと思った。たぶんその時にはすでに、アヅキには『こちら側』を見て欲しかったのだと思うし、『こちら側』へ来て欲しかったのだと思う」

あたしはそれ以上に、強烈な印象で覚えている言葉がある。

その時、先生は確かに言った。

――特別な場所を共有したかった。

思い返せばすでにその頃から、あたしと先生は特別な物を共有しようとしていたのだ。

「しかし嵩生《しゅう》くんが現れた時、俺には埋められない時間があると初めて気づいた――」

今でもその話は、心の柔らかい部分を握りしめてくる。

でも八丈が現れた時に、嵩生兄ちゃんは再びあたしの前に姿を見せてくれた。

たぶんきっと、またどこかで会えるはずだ。

それに思い出はなくなったり消えたりする物じゃないと、樽原さんも言っていた。

だから今はもう、過去の思い出ごと、全部なかったことにしようなんて思わない。

「――そして過去に戻ってアヅキと時間を共に過ごすことができないのならば、この先ずっと一緒に居ればいいだけのことだと気づいた。つまり、死が俺たちを分かつまでだ」

隣を歩くテンゴ先生は、いつも通り量販店の上下にジャケットという姿。

あたしなんて、ちょっとだけお出かけ用に気を使った程度の普段着だったけど。

そんなことが些細に思えるほど、この空間はあたしの理想と幸せに満ちていた。

「すると、どうだ。今度は今まで簡単だと思っていたこと……この先ずっと一緒に居ればいいだけのことが、実は非常に不確実で誰にも保障されない物だという不安に、あらためて苛《さいな》まれるようになった。それが優に百を超えるパターンの悪夢となってアヅキを失い続けた時は、本当に辛かった……それが夢だと、区別すらできなくなって」

たぶん先生は、橋姫《はしひめ》の葵《あおい》ちゃんと司《つかさ》くんの話を思い出しているのだろう。

あたしの存在が先生の中で年月を経て、そんな風に形を変えながら色濃くなっていたのかと思うと、次第に恥ずかしさを超えて誇らしさへと変わっていった。

「やがて広島でガーデンウェディングに参列して、結婚式とは誰かに誓い、誰かに祝福してもらうためのものだと理解したが――」

気づけば目の前に、数段の階段があった。

それを上ると、そこは牧師さんのいない祭壇。

「――誰かに誓うものでも、誰かに祝福されるものでもないと、俺は思う」

手を引かれ、その階段を上る。

大きく美しいステンドグラスに見守られながら、あたしとテンゴ先生は向き合った。

ここでようやく声が言葉になったものの、何から伝えればいいのか分からなかった。

「あの、先生……これは、その……どういう意味、というか……」

そもそもこれからテンゴ先生は、この場所であたしに何をしようというのか。

少なくとも「ふたりきりの密やかなる挙式ゴッコ」の域は、すでに超えてしまっている。

「見も知らない羅刹や夜叉がどのような存在であれ、俺はアヅキを譲《ゆず》るつもりはない」

まさか先生、本気で姿の見えない敵を意識してたんですか？

ヤメてください、そんなヤツは存在しないですって。

いたとしても、急に現れたとしても、先生以上の存在になんてなりませんから。

「先生……あたしは、あれですよ……テンゴ先生以外とは、別に」

「俺とアヅキに足りない絆――それは間違いなく、エンゲージメントだと思う」

「エ、エンゲージ……メント？」

先生は努めて真顔をキープしていたけど、少しだけ目が泳いでいた。

すいません、横文字に弱くてすぐに反応できないあたしが悪いんです。

「……いや、人事領域におけるエンゲージメントという意味ではないのだが？」

「え……人事？」

「あ、いや……もちろん、毘沙門天と一体化するための儀式でもないのだが？」

「ですよね……ここ、教会ですし」

いつの間にかパイプオルガンの音は小さくなり、心地よいＢＧＭになっている。

そして向かい合ったままの先生が握っていた手を離し、あたしの左手をそっと取った。

ジャケットから取り出したのは――間違いなく、そういう意味の指輪。

「俺は天邪鬼。決して誰かに永遠など誓わない――」

パイプオルガンが奏でるのは、これまた有名な名曲「カノン」に変わり。

テンゴ先生は、光り輝くエンゲージ指輪《リング》を手にしていた。

「――俺が永遠を誓うのは、アヅキだけだ」

そしてあたしの左手を取り、なぜかジッと眺めたまま止まってしまった。

ためらいでもなく、戸惑いでもない、その視線があたしの薬指から離れない。

かといって先生が手にした光り輝く指輪もそのままで、指にはめられる気配もない。

やがてゆっくりと引かれた左手の薬指に、テンゴ先生の唇が触れた。

そして目を閉じたまま、先生はその温かい唇を離そうとしない。

ここで手にキスされるとは思ってもいなかったので、立っているのもやっと——。

「——せんッ⁉」

ちょ、なんで薬指を甘噛み⁉

ネコじゃないんですから——ってムリムリ、ダメダメ、舌でなにしてるんですか！

あ——ッ、腰が砕ける！

なにこの流れ、荘厳な教会の祭壇でおかしくないですか！

ここは先生の手にした指輪が、もの凄い効力を発揮するとばかり思っていましたけど！

真剣に恐ろしいほど、斜め45度ぐらいズレた角度で攻めてきましたね！

「せ、先生ェェ……」

「すまない！　つい、その……なにをやっているのだろうか、俺は」

慌てて唇を離して我に返ったテンゴ先生は、頬から耳までまっ赤にして照れている。

もちろん、あたしの心臓の方が破裂しそうなほどバクバクいっているのだけど。

「アヅキの薬指が、想定通りのサイズで嬉しく思い……」

「いえ、まぁ……ぜんぜん嫌じゃないっていうか、逆にアレなんですけど」

「……気づいたらこのような不審な行動を取ってしまい、大変申し訳ない」

挙動不審ではなく、不意打ちですね。

しかもいい感じの不意打ちなので、これからも時々やってもらっていいですよ。

「あの、指輪のサイズ……聞いてもらっても、よかったんですけど」

「それでは身も蓋もない。意地でもその発想はなかったと思う」

「その辺は、天邪鬼なんですね」

「それは違う。俺はアヅキのすべてを、俺自身で把握したいと思っている。髪も爪も肌も歯並びも、指も洋服も靴も下着も体のサイズすべてを把握したいと思っている……のだが
……こうしてあらためて言葉にしてみると……やはり俺の言動は、異常な気がする」

ビミョーに下着のサイズは恥ずかしいですけど、まぁいいです。

全部、先生にお任せしますけど――ただ。

「そう言われてしまうと……あたしの性格上、なんていうか……先生に全部丸投げして、毎日でも先生の膝の上で、ぬくぬくと生活したくなるんですけど……いいんですか？」

絶対だらしなくなりません、絶対に甘んじたりしません。

必ず努力はしますから、先生を背もたれにして、ずっと一緒に居させてください。

いや待てよ、それってだらしなく甘んじてない？

「それこそ、俺の望む世界だ」

そして先生の手にしていた光り輝く指輪は、あたしの薬指にぴったりはまった。

たぶん先生が試行錯誤した何百個の中で、最高のひとつに違いない。

「……これって、そういう意味で受け取っても……いいんですよね？」

「ん？　そういう意味、とは？」

「ですから、その……エンゲージ的な」

「そうだ。俺は、アヅキの永遠が欲しい」

腰に回した両手で、テンゴ先生はゆっくりとあたしを引き寄せた。

そんなことあたしの中では、もうとっくに決まっているのに。

「あたしはどんな時でも、どんな世界でも……先生と一緒なら、それでいいです」

ゆっくりと、そして今までで一番長く唇が重なったあと。

思い切り抱きしめられた耳元で、先生がつぶやいた。

「Please don't leave me《プリーズドントリーヴミー》――」


その夜、連休中で初めて温泉宿に泊まった。

左手の薬指で誇らしげに輝く指輪を、テンゴ先生と一緒に眺めながら。

あたしと先生は、今までで最も長く幸せな時間を過ごしたのだった。

▽　▽　▽

江戸川町の、あやかしクリニックに戻って来た頃。

世間のGWは、すっかり終わっていた。

あの一夜が、72時間に相当していたとは——まぁ、納得できる濃密さだったけど。

キッチンのテーブルに集まったタケル理事長、ハルジくん、八田さんに、穴が開くほど見つめられながら、とりあえず事務連絡だけを済ませることにした。

「——と、いうことだった」

「なんだァ？　じゃあ持国天のふて腐れヤロウは、最初《ハナ》から依頼を受けるつもりだったのに、オレを踏み台にしたってことかァ？」

しばらく見ていなかったせいか、タケル理事長のホスト風スーツ姿に和んでしまった。

ハルジくんだって、堤に比べたら可愛くて仕方ないレベルに格上げされた弟風味だし。

執事服の八田さんが視界に入っているだけで、もの凄く気が楽なのにも驚いてしまう。

あたしの居場所って、やっぱりココなんだと思う。

「踏み台にはしていないだろうが、俺とアヅキを呼ぶために一度は断ったということだ」

「同じだろうよォ」

「あれは必要不可欠な判断だったと、俺は思う」

「だいたい、なんだよ。四天王が『彼の禍』を抑止するとか、魔道がどうとか」

「想定以上に、壮大な問題が隠れていたという感じだろうか」

隣のテンゴ先生――昨日の今日でずいぶんとまた、涼しい顔をしちゃってるなぁ。

こっちの時間では３日だけど、あたしたちにとっては昨夜のこと。

かなりご丁寧で、めちゃくちゃ濃厚で、いつまでも終わりがなかったけど。

なんか、悔しいな――思い出したら、おでこ熱くなってきた。

テンゴ先生なんてシレッとしてるのに、あたしばっかり意識しちゃって恥ずかしいわ。

「……で？　隣で謎にテレてる、亜月ちゃん」

「はいょ――!?」

大丈夫、大丈夫。

タケル理事長は、あたしの心が読めるわけじゃないから。

「亜月ちゃん的にはそのあたり、どう思ってるのよ」

「あたしは……その、すごく……良かったと思います」

「いや、そういう意味じゃなく……」

「えっ、そういう意味って!?」

「……ヤメてくんねぇかな。オレの方が恥ずかしくて、やってらんねぇよ」

「なんのことですか！」

「そんなツヤツヤした顔でテレながら、コレを輝かせて何を言ってんの」

タケル理事長はヤレヤレとため息をついて、自分の左手薬指をクイクイ動かした。

まぁ、誰でも気づきますよね。

けどそんなこと言ったって、これは外せないですよ絶対。

「こ、これは……その、あれですよ……旅行中に、テンゴ先生にもらったんです」

「いや、いいのよ。むしろおまえらが永遠のボーイ・ミーツ・ガールにならなくて、ロマンスの仏様どうもありがとうって感謝してるぐらいだから」

「え……」

「テンゴなんていい歳して、マジで思春期こじらせすぎだったからな」

「エ……？」

たしかにちょっとテンゴ先生もこじらせてましたけど、堤の方が酷かったんですよ？

なのに八田さんにまで、涙ぐまれてしまった。

「クッ――この八田孝蔵、耐え難きを耐え、忍び難きを忍び。おふたりに監視も護衛も付けないストレスで、不整脈まで出した甲斐がございました」

いやいや、ダメでしょ不整脈は！

「ちょ、テンゴ先生⁉　八田さん――」

「大丈夫だ。八田さんの不整脈は産科の利鎌《とがま》先生に診てもらって、ストレス性の期外収《きがいしゅう》縮《しゅく》だと診断してもらっているので」

「よ、よかった……」

ただひとり、ハルジくんだけは納得していない様子だけど。

そもそも「何に納得がいかないのか分からない」のが、正直なところだ。

「なんか、テンゴさんさぁ。あーちゃんのこと、全部わかった気になってない？」

「いや、まぁ……おおよそ全部、見せてもらったつもりだが」

ちょ——言い方！

それ、めっちゃ恥ずかしいです！

「ぼくと、あーちゃんはね。正直、テンゴさんより夜の付き合いは長いから。このクリニックに来てからずっと、ずーっと夜は一緒だからさ」

ちょ——言い方！

ただ、夜な夜なゲームしてただけでしょ⁉

「……それで？」

「あーちゃんの苦手っていうか弱い所？　ぼく、ぜんぶ把握してるんだよね」

「俺もだいたい、理解したつもりだが？」

「そういう弱い所を見つけたら、しつこいぐらいに手取り足取り教えてあげないとさ」

「俺も、そうしたつもりだが？」

「時にはもっといいやり方を、教えてあげながらね！」

「俺も、そうしたが？」

ふたりとも、言い方！

なにを争ってるんですか、恥ずかしい！

「おまえら、ヤメれ。みっともねェ」

「……テンゴさん、絶対いい気になってるよ」

いい気になったって、いいじゃないの。

あたしとテンゴ先生はもう、明日から「ゼクシィ」を熟読するんです。

「けど、テンゴよォ。実際問題として新クリニックの立ち上げは、いったん棚上げだな」

「そうだな。この頻度で異界の門が出現するようであれば、ツツミ先生にはゲートキーパーとしての仕事を優先してもらわざるを得ない。今まで通りの巡回型訪問診療を維持してもらいつつとなると、新クリニックの院長をお願いするのは現状では難しいだろう」

タケル理事長はキッチンのイスを、倒れるぐらい後ろに傾けてギコギコ揺らしている。

体全体から全力で放たれる「納得いかないオーラ」は、ハンパなかった。

「まったくよォ……この貧乏神のオレ様が、珍しく何年も必死こいてマジメにカネをかき集めてよォ……ヘソ曲がり持国天もなんとか説得できたと思ったら、あの忌々しい新型ウイルスのバカヤロウがよォ……ちきしょう、オレだけは無関係だと思ってたのによォ」

「タケル。そう、ヘソを曲げないで欲しい」

「ヘソのひとつやふたつも曲がるわ。ヒトの3年を、なんだと思ってやがる」

「いや……厳密に言うと、タケルはヒトではないと思うが」

「なんだかなァ……貧乏神が慣れねェことすっから、そういうことになんのかなァ……」

浪費が美徳のようなバブル生活をずっと続けていたタケル理事長が、あれこれやって開院の準備資金を貯めていたことを考えると、気持ちはすごくわかるのだけど。

「しかし、タケル。異界の門が、これほど全国に広がっている現状では」

テンゴ先生の言葉に、タケル理事長はイスを元に戻した。

そういえば旅行に行っている間、江戸川町や他の地域はどうなっているのだろうか。

「わーかってるよ。まずは、門をどうすっかだよな」

「米沢駅前ですら異形が這い出し、ウェズさんひとりではとても抑えきれなかった」

いつの間にか八田さんが、みんなに淹れてくれたコーヒーを飲みながら。

タケル理事長は、大きなため息をついた。

「いまだにオレぁ、仏サンたちとそれを背負ってたヒトが一体化したところを、間近で見たことがねぇんだけどよ。正直、どんな感じだったの？」

「それは、圧倒的だった——」

そう言ってコーヒーを飲みながら、テンゴ先生はあの光景を思い出していた。

「——浮世と常世の存在が一体化するからだろうか。その力は強大で、おそらくツツミ先生ひとりでも門は封じられると思う」

「ハァ？　ウェズさんにはムリでも、一体化した仏さんなら、ひとりでＯＫなのか？　わらわらと異形が這い出してもか」

「得物のひと振りで、境界世界が色彩を取り戻すぐらいには圧倒的だった」

「マジかよ……」

その視線は当然、あたしに向けられた。

それはタケル理事長だけでなく、みんな同じ気持ちであたしを見ている。

——で、うちの毘沙門天様はどうなったの？

みんな、そう思っているのだ。

「あ、あの……質問なんですけど」

「なに、亜月ちゃん。テンゴの薬指のサイズは、自分で聞きなさいよ」

「そ、そうじゃなく！」

「じゃあ、なによ」

「そろそろあたしもアイツと一体化しないと、マズいですよね……」

少し冷えたコーヒーを飲み干し、八田さんにお代わりをもらったタケル理事長。

ちょっと熱かったのだろうか、すこしだけすすってテーブルに置いた。

「まぁな。全国では今、１０８個の異界の門が確認されてっからなァ」

「ひ――１０８個⁉」

「各都道府県に、それぞれ2～3カ所ってトコかな」

「そんなに！」

「一般的に言われている煩悩の数と同じだけど、毎日ぜんぶ出て来ねェだけラッキーかな。そのうち何個かは『封』ができたから、今は……八田さん、半分ぐらいに減った？」

「現在78カ所、でございます」

「だってさ。もう、みんな大忙しよ」

「ちょ……やっぱり、全国的に餌のオドが増えたからですか？」

「まぁ、彼の禍のせいだろうな。そのあたりは、持国天のヤロウが言ったとおりだ」

「どうするんですか……いくら持国天が圧倒的に強くても、ひとりで日本全国は」

「え？　広目天と一体化した広島の古巻先生にも、中四国地方から関西方面の門を封じてもらってるけど」

「い――ッ⁉」

なにがショックかといって――守護仏尊と一体化しているのは堤だけだと思っていた。

これではあたしの役立たずさが、さらに目立ってしまう。

「ちょ……え、じゃあ……石垣島の芦萱先生は？」

「待てよ。まさか堤から、なにも聞かされてないのか？」

「……だって芦萱先生なんて、眷属が誰なのかすら知らないですし」

「あの離島センセーも増長天と一体化して、九州までをカバーしてくれてるけど……堤のヤロウ、亜月ちゃんにこれ以上の気を使わせまいと黙ってやがったな？」

「そ、そんな……じゃあ、あたしだけ……？」

それを聞いて、イスに座って重力に逆らう力すら抜けていった。

隣にテンゴ先生がいなかったら、危うくお尻から床に落ちていたところだ。

「まぁ、それは仕方ねぇじゃん」

「……仕方ないでは、済まされませんって」

なんというセルフ・ミスリードというか、バカな思い込みをしたものだろうか。

信じたくない事実だけど「あたしだけ」一体化できていないのだ。

「イキんで一体化できるモンなら、やってもらうけどよ。なんかよくわかんねぇけど、ともかく一体化できねぇんだろ？」

「今回は、出て来る気配すらありません……」

あの異形を吐き出す壮絶な門が、全国にまだ78個も残っているという。

それなのに、あたしだけ何もできない。

「じゃあ仕方ねェじゃん、待つしかねェだろうよ」

「……でも」

「なぁに、こういう時は変に慌てずによ。やれることを、粛々とやるしかねェんだ」

隣のテンゴ先生が、優しく肩を抱いてくれたけど。

それで少しだけ気は紛れても、事実が変わるわけではなかった。

「タケル。今は、どういうプランで動いているのだろうか」

「増長天、広目天、持国天の皆さんには、できるだけ毎日どこかの門を封じるようにしてもらってる。それまで他の門は、とりあえず力ずくで閉じてる」

「すると封じられる門の数は、多くて1日3カ所。最低でも、あと26日かかる計算か」

「うーん……毎日どこかしらの門が開いて、オドを吸い込んでるからな。内圧が上がって魔道と繋がるのが速いか、全部封じるのが速いか……やってみねェと、分かんねぇわな」

「彼の禍さえなければヒトのオドも減り、門の出現も減るものを……」

「それで魔道も一緒に止められるって？　そんなご都合主義の展開、期待すんなよ」

「しかし堤先生は、確かに言ったのだ。世界的な新型ウイルス感染症の流行を抑止するために、四天王は同時代の同時期に顕現したと」

「おいおい、よく考えてみろ。たとえ毘沙門天と亜月ちゃんが一体化したところで、どうやって世界的パンデミックを止めるんだよ。えいえいって、亜月ちゃんがウイルスを殺して回るのか？　門を閉じたり異形を滅するのとは、ワケが違うんだぞ？」

「まぁ、現実的には……ワクチンか、自然収束か」

「ほらな？　四天王の一体化と新型ウイルスの撲滅は、ぜんっぜん繋がらねェんだよ。だから今は、亜月ちゃんが泣きそうな顔で一体化を焦る必要もねェの」

「違う。アヅキが一体化できないのは……もしかすると、俺のせいかもしれず……つまり門を封じるマンパワーが足りないのも、魔道と繋がるかもしれないのも……俺のせい」

「ハァ？　なにその超展開。ついていけねェよ」

会話が不毛になってきたところで、八田さんが申し訳なさそうに小声で間に入った。

「タケル理事長先生。お話の途中で大変申し訳ありませんが……そろそろ我が部隊を、駅前に出動させる時間に」

「あぁ、そうか……また今日も、そんな時間が来たのか……」

時刻は、午後6時過ぎ。

もうすぐ日の入りとなり、世界はオレンジ色と薄紫の混ざった逢魔時となるけど。

「あの、八田さん。駅前って、江戸川町駅前ですか？」

「左様でございます。ここ数日は毎日、逢魔時には開きますゆえ」

「毎日!?　え、誰がどうやって閉じてるんですか？　ウェズさんとか、大禍時のグース・ライダーズの皆さんですか？」

「残念ながら他の地域が手薄になるので、こちらに回していただく人員はございません」

「じゃあ……」

「ご安心ください。わたくしの部隊から鬼系のあやかしを中心に選抜し、制圧部隊を編成して対応にあたっております。江戸川町駅は、亜月様のお膝下。何人《なんぴと》たりとも、好き勝手にはさせません」

あの門と異形を前にして、毎日戦ってくれている人たちがいるのに。

あたしは何もできないまま、ただ旅行に出かけて帰ってきただけなのだ。

その時、タケル理事長が「いいことを思いついた」とばかりに、膝をポンと叩いた。

「あ、そうだ八田さん。せっかくだから部隊の皆さんへ、亜月ちゃんからご挨拶でもしてもらったら？　きっと彼らの士気も、上がるんじゃねぇ？」

「えっ！　ご挨拶ってなんですか⁉」

「それは間違いなく、奴らも喜びますが……しかし亜月様に、ご迷惑では」

「なーに。愛想のひとつぐらい、振りまけるさ。なぁ、亜月ちゃん」

「いやぁ、そういう問題じゃあ……」

「何もできなーい、って泣くぐらいならよ。いっちょ、みんなを奮い立たせてやれよ」

「だってあたし、アイドルじゃないんですよ？　皆さんに愛想を振りまいても仕方ないというか……少なくとも、皆さんのお役に立てるようなことは」

「とんでもございません。亜月様のお姿を見るだけで、みな喜びますゆえ——」

そう言って八田さんは、インカムになにやらゴニョゴニョと命令を出した。

それが何を意味しているのか、よく分からないうちに。

なんだか外来の待合室が、異常にざわつき始めていた。

なにこれ、ちょっと待って、ずいぶんな人数が集まってない？

「では、亜月様。申し訳ありませんが、こちらへ」

八田さんに連れられて外来に出てみると——そこにはキレイに整列した、ヘルメットからブーツまで真っ黒のフル装備にライフルを携えた部隊が、10人以上集まっていた。

まるでM&D兄弟だらけのようにも見え、それはまったく圧倒的だった。

「ちょ……八田さん、なんですか……この方たちは」

「わたくしが選抜しました『江戸川町駅前制圧部隊』でございます」

「こ、これが……さっき言ってた」

「亜月様。よろしければ奴らに、手など振ってやってはもらえませんか？」

「手……ですか？」

意味が理解できなかったけど、言われるままに黒い隊列の人たちに手を振ってみた。

瞬間——真っ黒に埋まった外来の空気が、一斉に大きく震えた。

「Ｈｏｏａｈ《フーア》！　本物の亜月様だぞ！」

「マジかよ!?　すげーな、マジすぐそこなんだけど！　すげーって、すげーよっ！」

「オレら、もしかして……亜月様の身辺警護候補生《SP》なんじゃね!?」

「ぼ、ぼくに、て、手を振って、く、くださったよ!?　くださったよ!?」

「ばかやろう！　あれは俺にだ！」

「いいから、誰かビデオ回せってば！」

隊列から上がる歓声。

爆発的に上がった士気が空気の振動となり、真正面から全身に叩きつけられた。

「な、なんですか、八田さん……この、盛り上がり方というか、なんというか……」

「皆、喜んでいるのでございますよ。ありがとうございました」

そして一歩前に出た八田さんが、それらをかき消すほどの声で叫ぶ。

「お前らに問う！　お前らは何者だ！」

それに応じて、ざわついていた隊員たちが一斉にブーツの踵をそろえた。

その統率の取れた光景は、まさに特殊部隊だった。

『オレたち、スクワッド・オブ・プリンセス《SOP》──』

八田さんの激しい鼓舞に応えて、隊列が一斉に声を張り上げる。

『──亜月様が地獄に咲く花をご所望とあらば、笑って摘みに参ります！』

「OK、今日も仕事だ。弾丸《ロックンロール》を装塡しろ」

『Hooah《フーア》!!』

独特のかけ声と共に、隊員たちは一斉に外来から出て行ってしまった。

「あの……八田さん?」

「亜月様に見送られるとは。今日の分隊《スクワッド》は、幸せ者ですな」

「こ、これから……また、あの異形と戦いに?」

「ご安心ください。毘沙門天様との一体化を成し遂げられるまで、江戸川町駅の門は我々が制圧し続ければよいだけのこと」

そう告げた八田さんは背を向け、悠然と外来を出て行ったけど。

こんな人数で、毎日あの門を閉じているの?

そんなこと、いつまで続けなきゃならないの?

わかってる、あたしが毘沙門天と一体化するまで続くのだ。

「アヅキ」

「テンゴ先生……」

いつの間にか隣で、テンゴ先生が優しく髪を撫でてくれたものの。

その先生すら祈るような目で、部隊の人たちが出て行ったドアを眺めている。

「……あたしさえ、毘沙門天と一体化できれば……あの方たちは、辛い目に合わずに」

「今の俺たちにできることは、このあと帰って来る負傷兵たちの治療だ」

ウェズさんや持国天は、門や異形を相手にあれだけ暴れても平気だったけど。

それ以外のあやかしさんたちは、何らかの症状を発症してしまうだろう。

「恐らく脱水に低血糖、脱塩状態……それからオドに曝されてドーパミン、ノルアドレナリン、セロトニンが急激に減少すれば、混迷や混乱を来す者も出て来るはず。アヅキは今から指示する輸液と薬剤を、処置室に用意して欲しい」

「は、はい！」

「テンゴさーん。ぼくは？」

今まで、ずっと黙って座っていたハルジくん。

機嫌が悪いか、ぜんぜん興味がないのかと思っていたけど。

「ハルジは今から書き出す薬剤と液体生薬を、薬局から持って来てくれるだろうか」

「あいよー」

なんだかんだ言いながら、ハルジくんも手伝ってくれるようで。

タケル理事長まで、スーツの上を脱いで腕まくりしていた。

「いよーっし。オレも、がんばっちゃおうかなァ」

「タケルはすまないが、ありったけの不織布《ドレープ》と、ビニールシートを」

「りょ」

「それから、タケル」

「なんだ？　カネの話か？」

「さっきは、アヅキをフォローしてくれて……ありがとう」

「あぁ？　なんのことか、わかんねェなぁ」

ゴールデン・ウィークの楽しい旅行も、新規クリニックの開業話も。

あたしたちは長い序章の中で、踊らされていただけなのだろう。


因果律の流れに沿って、辿り着く先——。


それは異界の門を封じることではないと、直感が囁いている。

あたしたちが相手にするのは、あの忌々しい彼の禍。

全世界で流行しているあの新型ウイルスに違いないと、あたしは確信した。

【第3章】江戸川西口攻防戦

逢魔時が終わり、世界が夜に包まれると。

一度は終わったクリニックの外来が再び開けられ、映画で観るような野戦病院になる。

すべての気力をなくして肩を支えられたまま、次々と運び込まれる黒い装備の隊員たち。

運悪く駅前に居合わせた帰宅途中のあやかしさんも、何人か運ばれて来る。

血は一滴も流れていないのに、誰もが今にもその生命活動を止めてしまいそうで。

あまりにも多くのオドに曝され続けたせいで、極度の脱水と低血糖でけいれんを起こしてしまった隊員もいた。

またある隊員は興奮が収まらず、混乱したまま仲間に押さえられて点滴を受けていた。

どんよりと床に座り込んで床を見つめたまま、涙を流している隊員もいた。

テンゴ先生の診断では、脳内神経伝達物質のセロトニン、ノルアドレナリン、ドーパミンが急激に低下したことで、心身のバランスが保《たも》てなくなっているのだという。

そんな隊員たちで、クリニックの外来は処置室も分娩室も一杯になるけど。

日付が変わる前には、ほとんどの隊員たちが治療を終えて帰って行くのには驚いた。

この日、制圧部隊を外れて自宅安静になったのは、けいれんを起こした隊員1名だけ。

他の隊員たちはもうひとつの分隊と交代して、1日休んだら明後日にはまた戻って来る。

そんな彼らのおかげで、毎日なんとか江戸川町駅前の門は閉じられているのだ。

「マイキーさん、どうですか？　少しは気分、落ち着きました？」

そんな中、処置室のベッドで最後まで点滴に繋がれていた八田さんの息子マイキーさん。

異形が胸に直撃して、意識混濁で運ばれてきたのだけど。

「あ、亜月様――ッ!?」

「待って待って！　まだ、寝ていてください！」

跳ね起きようとするマイキーさんを押さえてくれたのは、付き添うようにそばに立っていた、お兄さんのダニーさん。

ふたりとも毎日、必ずどこかの部隊を休まず指揮していると、八田さんから聞いている。

「Calm down《おちつけ》, マイキー」

「なに言ってんだよ、アニキ！　亜月様の前で、寝てらんねぇだろ!?」

「Come on, boy《おいおい》……これ、亜月様の命令《オーダー》」

ようやく納得したのか、マイキーさんは渋々とまた横になってくれたけど。

彫りが深くて荒々しくも整ったその顔に、いつもの活気は見られなかった。

「情けねぇ……亜月様、まじ……申し訳ありません」

「そんな、申し訳ないなんて言わないでください。申し訳ないのは……何もできない、あたしの方ですから」

それでもマイキーさんは苦笑いのような、自嘲のような、そんな複雑な笑みを浮かべ。

ちょっと想像できない、驚くことを口にした。

「亜月様は……今のままで、いてください」

「え……？」

「一体化なんて、しないでください」

「なに言ってるんですか。それじゃあ、いつまでも皆さんに」

「オレが毎日、亜月様の代わりに戦います――」

そう言ったマイキーさんは、涙を流していた。

「――オレ、嬉しいんです。オレが亜月様のために、オレが亜月様の代わりになれてるんだって……そう思うと、駅前のあの門にも消えて欲しくなくて」

「……マイキーさん？」

「だって、そうじゃないですか。亜月様が毘沙門天様と一体化してあの門を封じたら、オレの役割が……オレの存在する意味が、なくなるじゃないですか」

見あげるマイキーさんの目からは、涙が溢れ続けている。

たぶんマイキーさんは、まだ昏迷状態から戻れていない。

少なくとも情緒が不安定なままなのは、あたしにも理解できた。

どう答えてあげればいいのか悩んでいると、いつの間にか隣に八田さんが立っていた。

「ダニー。マイキーの様子は？」

静かに首を横に振るダニーさんを見て、八田さんはすべてを理解したらしい。

珍しくベッドのそばにしゃがみ込んで、マイキーさんと同じ目線に下りた。

その姿は指揮官と部下ではなく、父と子のあるべき姿だった。

「マイキー、今日はよくやった。おまえの守ったあやかし市民は、無事に帰宅した」

「……そっか、よかった。じゃあ親父《ダッド》、明日もオレ」

「明日は休め」

「な──大丈夫だよ！　見てくれ、ちゃんとドクに治療してもらってるだろ⁉」

八田さんはマイキーさんの両肩に、がっしりと手をかけ。

穏やかだけど、力強い口調で諭《さと》した。

「明後日は期待している。だから、明日は休め」

「それじゃあ明日は、誰がオレのチームを」

マイキーさんの目は、ぜんぜん納得していない。

こんな状態でまた異形と戦おうとする姿に、あたしは耐えられなかった。

「マイキーさん、あたしからもお願いします。明日は、ゆっくり休んでください」

「あ、亜月様まで……」

「元気になったら……そしたらまた、あたしのピンチを救ってください。きっとあたし、また何かやらかしちゃうと思うんです。その時、万全の状態でいてもらわないと」

その表現が正しかったかどうか、あたしにはわからない。

ただ伝えたかったのは「無理をして自分を犠牲にしないでください」ということ。

そして「あなたは必要とされている人なんです」ということ。

少しだけマイキーさんの表情が穏やかになっていくのを見て、あたしはホッとした。

「了解しました……へへ、ほんと亜月様は……心配で、目が離せない……ですからね」

安心したのだろうか、そう言って再びマイキーさんは目を閉じて眠った。

たぶんあたしは、世界中の誰よりも幸せ者だと思う。

だからどうやってでも、みんなに恩返しをしたい。

そのためには――。

「亜月様。皆さま、キッチンにお集まりでございます」

「けど、マイキーさんが」

「大丈夫、ダニーがいます。あれらは誰よりも強い絆で繋がっている、兄弟ですから」

意図せず八田さんから聞いた、絆という言葉。

M&D兄弟のように、あたしとテンゴ先生の絆は誰よりも強いと言い切れるだろうか。

堤と樽原さんと石谷さんたちのように、ひとつになれているだろうか。

そんなことを考えながらキッチンへ向かうと、あたし以外のみんなはそろっていて。

タケル理事長もハルジくんも疲れて椅子にもたれながら、コーヒーを口にしていた。

その向こうでテンゴ先生が、自分の隣に座るよう手招いてくれている。

「おー、亜月ちゃん。お疲れ」

「すいません。ちょっと、マイキーさんが心配で」

「あの屈強ブラザーズを凹ませるんだからなァ。まじヤベーよな、異形は」

実際にがんばっているのは、最前線で門を閉じ続けている制圧部隊の方たち。

その負傷者を毎日救護し続けている、テンゴ先生、利鎌先生、助産師の宇野女《うのめ》さん。

タケル理事長は準備していた開業資金を崩して医薬品や消耗品を大量に買い付け、九《きゅう》尾《び》の狐のハーフであるアイドル如月紗良《きさらぎさら》さんに「殺生石」をもらいに行き、八田さんがそれをどこかへ運んで「殺生弾」にして部隊に配る。

あたしはみんなの指示に従って、あたふたと物を準備したり運んだりしているだけ。

一番やらなければならない毘沙門天との一体化は、その気配すらないのだ。

「いよーっし、全員そろったな。じゃあ、今日の会議を始めるか。八田さん、ヨロシク」

「かしこまりました――」

キッチンに持ち込んだモニターをつけ、八田さんは現在の状況を説明し始めた。

「――こちらを御覧ください。全国１０８カ所に固定出現した異界の門に対して、四天王の三尊、大禍時のグース・ライダーズ、そして我が制圧部隊で封鎖を開始いたしましたが。先日より、各都道府県に『あやかし捜査局《ABI》』が配置されました」

「それって、警視庁特殊犯捜査係《SIT》から分設《ぶんせつ》された、任務部隊《タスクフォース》だっけ？」

「仰る通りで」

「江戸川町駅前の門は、誰が仕切ってんの？」

「柚口刑事でございます」

「あのボウズ、出世したなァ……」

「今日現在、完全に封じることができた門はさらに3カ所増え、残り75カ所となりました。一度封じた門の再稼働は、今のところ確認されておりません」

モニターに映し出された日本地図には、青い点で異界の門がプロットしてあるけど。その分布は都市の人口規模とは無関係に、日本全国へ散らばっていた。

「逆に、今の話だとよ。増長天、広目天、持国天が『封じてない門』は、やっぱりまた開いてるってことかい？」

「そうです。現状は、一体化した守護仏尊に封じてもらうまでの仮止めでございます」

江戸川町駅前が、その典型例だろう。

それを聞いたテンゴ先生が、なにやら複雑な表情で言いにくそうに口を開いた。

「八田さん、もしもの話だが。もしアヅキが一体化できなかったとしても、異界の門が魔道と繋がる前に、他の3人だけですべて封じることは可能だろうか」

「翔人様にご依頼して、予測していただいておりますが……なかなか、難しいようで」

役立たずのダメダメ女で、一生みんなに頭が上がらないヤツに成り下がってもいい。結果として門がすべて封じられてしまえば、あたしはそれでもいいと思っていたけど。

そんな淡い期待は、するだけ無駄なことだった。

「ねーねー、八田さん。ちょっと、基本的なこと聞いていい？」

「どうぞ、ハルジ坊ちゃん」

すでにコーヒーを飲み終えたハルジくんが、少し体裁悪そうに挙手している。

「異形が外に漏れ出したら、どうなるの？」

「異形の餌は、ヒトのオド。その体内では、オドの生物濃縮が起こっております。そんな異形がヒトに入り込めば、それはまさにオドの倍返し……いや、10倍返し。その時ヒトは、理性のすべてを黒く塗りつぶされてしまうのです」

「犯罪者になるってこと？」

「暴徒《ぼうと》に近いかと」

それを聞いて眉をひそめたのは、タケル理事長だった。

「八田さんよォ……まさかそれ、もう出始めてない？」

「残念ながら、仰る通りでございます」

次に八田さんは、街中で撮られた動画をテレビモニターに流した。

それは駅前の帰宅のピークで、特に珍しい風景ではなかった。

でもスムーズに流れていたヒトの行列は、次第に崩れて無秩序な群衆となり。

いつの間にか、あちこちでケンカが始まっていた。

「なんだ、こりゃ……飲み屋街のケンカか？」

「東京都にある3つの異界の門のひとつ、世田谷区の二子玉川駅前。時刻はもちろん、逢魔時。うちの制圧部隊に付けさせている、ボディ・カメラが記録したものでございます」

やがて警察が介入してくると、今度は群衆と警察がもみ合いを始め、ついには応援に駆けつけた警官隊と激しくぶつかり合うという、信じられない光景に発展。

それは駅前の帰宅ラッシュなどではなく、まさに暴動と呼ぶにふさわしかった。

「……とても、日本とは思えねェな」

「報道管制をかけたいぐらいですが……残念ながら、これは今夜のニュースで流れます」

「テンゴよォ。これもやっぱ、異形の仕業？」

「脳内神経伝達物質が急激に低下すれば、衝動の制御が妨げられても不思議ではない。八田さんの言ったとおり、異形の体内で生物濃縮されたオドを取り込んだせいだろう」

「ちょっとした衝動も抑えられない……その結果が、この暴動か。八田さんの部隊でも、異形を外へ出しちまう時があるんだな」

「武装したあやかし捜査局員たちとの、合同編成部隊だったのですが」

「ちょ、待てよ……そんなプロと組んでも、異形を結界の外に漏らしたって……まさか」

「オドを吸い込むたび、異形は確実に門の中で増殖と増強を繰り返しております」

イスの背もたれが折れそうなほど、タケル理事長は後ろに仰《の》け反った。

そして吐き出されるため息は、特大だった。

「増殖と増強って……門の内圧がもうすでに、かなり上がってるってことじゃねェかよ」

「ですから翔人様に、異界の門が魔道と繋がる確率を予測していただいているのですが」

彼の禍、吐き出され続けるヒトのオド、それを餌に増え続ける異形——そして門内の圧力が上がりすぎれば、やがて魔道と繋がるという。

すべてのスタートは、増えすぎたヒトのオド。

その原因はやはり、あの新型ウイルス感染症に抑圧されて失われた日常生活。

四天王が同時代の同時期に顕現したのは、彼の禍を抑制するためで間違いないだろう。

「じゃあ今度は、最前線で戦ってる八田さんの正直なキモチを聞きたいんだけどよ——」

「な、なんでございましょうか……タケル理事長先生」

「——四天王が歴史の時間軸における一地点に顕現した目的って、なんだと思ってる？」

「な……と、申しますと」

「持国天の堤が言うように、世界的な新型ウイルス感染症の流行を抑止するためだと思う？　それとも、魔道を封じるため？　あるいは、両方？」

珍しく八田さんが、ひとことも答えられないでいる。

その様子を見て、タケル理事著はまた大きくため息をついた。

それは八田さんに対してではなく、自分に対する苛立ちのようだった。

「そもそもなァ。感染症も魔道も、どうやって止めるんだよ。どっちも今まで経験したことのねェ、見たこともねェ未知の脅威なんだぞ」

「タケル……」

テンゴ先生がなだめようとしたけど、タケル理事長の感情は珍しく荒ぶっていた。

「オレらはそんな無理難題を、ホトケに丸投げしてお願いするしかできねぇのかよ。神さま仏さまなら、どんな奇跡も起こせるってか？　一体化しようが何をしようが……四天王を背負ってるのは、結局ヒトなんだぞ！」

あたしが毘沙門天と一体化できないことには、決して触れるつもりはないらしい。

でもその気遣いが、逆にあたしへ突き刺さってくる。

本当はいつもの軽い口調で、こう言われた方が楽だったかもしれない。

――亜月ちゃんが毘沙門天と一体化すれば、事態は変わるかもな。

誰もそのことを口にしない優しさが、今のあたしには痛かった。

▽▽▽

それからあたしは、やり場のない居心地になる日々が続いた。

表記診療時間までは町の「あやかしクリニック」として、笑顔の受付と医療事務。

「お大事にしてくださいね――」

そして逢魔時を過ぎれば「野戦病院」として、続々と運び込まれる負傷した制圧部隊や一般あやかしさんたちの介助役に早変わり。

「大丈夫ですか⁉　お名前、言えますか――ッ！」

これが同じ外来で毎日繰り返されると、さすがにそのギャップで心が折れそうなる。

正直、逢魔時の夜戦病院だけで済む土曜や日曜の方が、楽だと感じることすらあった。

いつかのマイキーさんのように、あたしもオドに侵食されているのかと不安になる。

「よし、片付いた。あとは、床のモップがけで終わりだね」

負傷者のトリアージと応急処置や治療が終わるのは、早くても午後10時だけど。

明日の外来をキレイに開けるため、せめて掃除ぐらいはしておきたい。

「けど、アイツ……今回は、本気で出て来ないつもりなのかな」

今までいろんなことがあって、アイツのことはわりと分かったつもりでいた。

なんだかんだ言っても「ここぞ」という時を待っているだけで、最後は必ず出て来る。

仏って、そういうものだ——あたしも含めて、みんなそう思っていたのに。

「あっと……今日は、どうだったのかな」

モップの水を足踏みで絞りながら、外来のテレビをつけてニュース番組に切り替えた。

あたしが何もできないことへの罰として、これも日課にしている。

——次のニュースです。全国的に頻発する市民の不可解な暴動は今日、愛知県名古屋市の栄《さかえ》駅前に飛び火しました。

どんなにがんばっても、さすがにあの規模の暴動を「なかったこと」にするのは、翔人さんを含めたあやかしさんたちにも無理なことだった。

この前は奈良県、その前は福井県、今日は名古屋で暴動が報道されている。

その3県は、どうしても西方の16府県をカバーする千絵さんが手薄になるエリアと、本来なら東方に居るあたしが封じるべきエリアにある。

そんなことを考えながら、モップを持ってぼんやりテレビを眺めていると。

不意にテレビの電源が落とされ、その隣にはテンゴ先生が悲しそうな顔で立っていた。

「どうしたんですか、先生」

「それは、俺のセリフだ」

つかつかと歩いて来ると、あたしからモップを取りあげてその辺にカランと投げ捨て。

「ひゃっ――」

いきなりお姫様抱っこで抱え上げると、あたしを待合室のソファに運んでいった。

「――せ、先生?」

「なぜ、あんなニュース番組を」

小さくため息をつきながら、先生もあたしの隣でソファに座り。

「毎日ちゃんと現実を見ることで……せめてそれが、あたしへの『罰』になればと」

吐息の触れ合う距離で、じっと見つめられてしまった。

「毘沙門天と一体化できないことを『罪』のように考えるのはやめようと、何度も話し合ったはずだ。自責の念に駆られたところで、それが一体化を誘発するものではない」

テンゴ先生のキレイな指先が、あたしの髪を優しく撫でてくれるけど。

それで何かが、赦《ゆる》されるわけではなかった。

「その時は割り切ったつもりでも……毎日運ばれて来る隊員さんや、巻き込まれた一般のあやかしさんたちを見ていると……やっぱり、あたし」

「翔人からの報告は、聞いただろうか」

「……八田さんから教えてもらいました」

この状況でもさすがと言うべきか、翔人さんはなにひとつ諦めていなかった。

異界の門周囲で発生する波動のわずかな変化を検知して解析し、その門が今日は開くかどうかを予測するシステムを組み上げたのだという。

これができるようになったことで、貴重な人員を最適に配置できるようになった。

その結果、異界の境界線から異形が漏れ出す頻度は減ったという。

「あやかしは、誰も見捨てない――」

「え……？」

「――翔人が最近、よく口にしている。妊婦だった夏蓮さんをアヅキが救急車で運んだ時から、ずっとその言葉が頭から離れないそうだ」

「あれは別に、あたしが言ったわけじゃ……」

「それでも、気持ちはみんな同じだ。うまく言えないが……アヅキのことを責める者はいないどころか、何か自分にできることはないか、みんな探している」

それが嬉しくもあり、苦しくもある。

幸せだと感じる反面、いつの間にか辛いという文字に置き換わっていることが多い。

気づけば床を眺めていたあたしの肩を、テンゴ先生が優しく抱き寄せてくれた時。

閉めたはずのクリニックのドアが、勢いよく開けられた。

「おぉーっ？　なんだよ、わりと内装はキレーにしてんだなー」

「エ……？」

「……あれ？」

相変わらず迷彩柄スウェットの上下でフードをかぶり、前髪が無造作すぎるロングヘアの男が、ポケットに手を突っ込んだまま入口に立っている。

物珍しそうに外来をキョロキョロと見渡しているのは、東北にいるはずの堤だ。

「なんだ、おまえら。戸建てに住んでるんだから、イチャコラすんなら部屋でやれよ」

「……なんで堤先生が、江戸川町に？」

「はあ？　お付きの天邪鬼から、聞いてねーの？」

堤からの視線を逸らすように、テンゴ先生が立ち上がった。

先生は知ってたって、どういうこと？

「ツ、ツツミ先生……その、お早い到着で」

「別に早くねーし。おまえが送ってきた、新幹線のチケット通りだし」

「長旅でお疲れでしょうから……コ、コーヒーでも淹れてきま」

テンゴ先生が言い終わる前に、どこからともなく八田さんが姿を現し。

ソファにちょうどいい高さのミニテーブルを組むと、その上に湯気の立つコーヒーカップをスッと置いた。

「お疲れさまでございます、堤先生。ミルク多め、お砂糖多め、と伺っておりますが」

「あ、さんきゅー。よく知ってんな――ってか、あんた誰？」

普通にそれを飲みながら、オートキャンプ場と同じように待合のソファでくつろぐ堤。

先生はモジモジ、キョロキョロしたあと、仕方なくまたあたしの隣に腰を下ろした。

「テンゴ先生。これ、どういうことですか？」

「エ……いや、まぁ……本当は、アレだ……アヅキには、ちょっとアレで」

意味のわからないことをモゴモゴ言っていると、また入口のドアが開いた。

「ありゃーっ、亜月ちゃんじゃないね！　結婚式以来じゃけど、元気にしとった⁉」

「千絵さん⁉」

結婚されてからも雰囲気が全然変わらない、広目天を背負った広島の千絵さん。

今日も黒縁メガネに、ボディラインを意識せずに済む白系のゆるんとしたニットだけど。

お仕事ではないからだろうか、ピアスが耳にキラッと輝いていた。

「え、わざわざ広島から来られたんですよね？」

「そうよ？　なんね、新見先生から聞いとらんかったん？」

千絵さんからの視線を逸らすように、またテンゴ先生が立ち上がった。

「あ、あの……コマキ……ではなく、トミヒロ先生、お飲み物は」

テンゴ先生が言い終わる前に、またもや八田さんが姿を現し。

あたしと対面で座れるように、ひとり掛けのソファとミニテーブルをすぐにセット。その上に湯気の立つコーヒーカップをスッと置いた。

「お疲れさまでございます。ホットミルクで、よろしかったでしょうか」

「ありがとね、っていうか……あんたはいつでもどこでも、その調子なん？」

テンゴ先生はモジモジ、キョロキョロしたあと、またあたしの隣に腰を下ろした。

「先生？」

「エ……いや、まぁ……本当は、アヅキにはアレだと思い」

先生が口ごもっていると、見計らったようにまた入口のドアが開いた。

このタイミングでひとりずつ来る確率って、かなり低いと思うのだけど。

堤、千絵さんとくれば、その次はまさか――。

「へぇ。ホントに亜月のそばには、いつでも八田の爺やがいるんだな」

「――やっぱり、芦萱先生だ」

石垣島で、魔女が住んでいてもおかしくない森に囲まれた場所にあった診療所。

どこに看板があるかも分からない、背の低い古民家の一軒家だったのを覚えている。

いまだに髪はボサボサで無精髭なのに、それでも端正な顔立ちの隠し切れない、一見すると優男《やさおとこ》な雰囲気は変わらないようだ。

この全面禁煙のご時勢、さすがにタバコは止めただろうか。

「よお、新見。研究所以来、何年ぶりよ。ビンボー吉屋は、元気か？」

「どうも」

え、それだけですか？

もしかしてテンゴ先生、芦萱先生とは仲が悪いんですか？

そんなことはお構いなしに、ササッと八田さんはひとり掛けソファをまたセット。

なぜか芦萱先生には、缶とコップを差し出していた。

「お疲れさまでございます。缶のハイボールで、よろしかったでしょうか」

「いや、別にそんな好きじゃないけど……って、もしかして前に浜でバーベキューした時のこと覚えてんの？　あんた、マジで亜月の執事なんだな」

明らかにテンゴ先生は、芦萱先生が「亜月」と言うたびに頬がピクついているけど。

今はそれ以上に問題があります。

なぜか四天王が全員、あやかしクリニックの外来にそろってしまいました。

そしてどうもあたしだけ、そのことを知らされていなかったようなんですけど。

「テンゴ先生。これ、どういうことなんです？」

「どうと言われても……俺としては、その……アヅキに、アレして欲しくて」

なんでそんなに、歯切れが悪いんですか。

先生はちゃんとした理由、知ってるんですよね？

「おいおい、この期に及んで天邪鬼か？　そこは素直に、言えばいーんじゃねーの？」

あきれ顔の、堤。

「なんで自分の彼女に対して、新見先生はえらい気を使われとるんです？」

不思議そうな、千絵さん。

「え、新見ってもしかして……女関係は、研究所の頃からぜんぜん変わってないの？」

ちょっと引いている、芦萱先生。

3人の視線を一身に浴びながら、これほど動揺している先生は見たことがなかった。

「そ、それはだな……」

「あぁーっ、もういい！　なんか見ててイラッとするから、おれが言う！」

カポーンとコーヒーを飲み干して、堤が軽くキレていた。

「この天邪鬼はな。一体化できずに毎日しょげてる愛しい毘沙門天様をなんとかしたいがために、どうしたらいいか毎日うるせーぐらいに連絡してきたんだよ」

「ツツミ先生……それは、ちょっと」

「どうせ他の先生んトコも、そうだったんだろ？」

「ウチはあんまり電話に出られんのじゃけど、毎日ようけえ《たくさん》留守電は入っとったね」

「ト、トミヒロ先生……それほど、毎日では」

「おい、新見。なんでおれには、連絡よこさないわけ？」

「別に理由はない」

やっぱり芦萱先生にだけは、テンゴ先生の反応は悪かった。

「だからもう、めんどくさくてよー。みんなで相談して、とりあえず目の前にある東京の3カ所を封じたら、毘沙門天もちょっとは気が楽になるんじゃね？　って話になったの。おまえ、ホントに天邪鬼から聞いてなかったのか？」

「ぜんぜん聞いてないです」

「こいつマジで、天邪鬼の意味をはき違えた天邪鬼だな。それとも、逆にそれが天邪鬼らしいってか？　自分で言ってて、意味わかんなくなってきたわ」

「あの、堤先生。皆さん、それぞれの地域で大変なんじゃ」

「そこで、鎌鼬《かまいたち》の作った感知システムよ。なんか門の周囲で波動がどうとか？　よく知らねーけど？　ちょうど今日と明日は、各地の門が落ち着いてる日なんだってよ」

「でも同じ日に集まるのは、お仕事の調整とか大変じゃなかったですか？」

「ついでに顔合わせもできれば、一石二鳥じゃん。おれ、わりと気が利くじゃん？」

テンゴ先生の視線は泳ぎっぱなしで、モジモジしながら耳まで赤くなっているけど。

つまり先生は、ずっとあたしの心配をしてくれていたわけで。

3人は3人で、遠いのに無理して来てくれたのだ。

「テンゴ院長先生――」

なぜか八田さんが、好機とばかりに一礼して会話に混ざってきた。

「——ささやかではございますが、軽食とお飲み物をご用意しております。そちらと共に、ご歓談されてはいかがでしょうか」

「そ、そうか。では、八田さん。それで頼む」

「御意」

インカムに何か指示すると、M＆D兄弟がテーブルとクロスを待合室に運んで来た。

どうやら外来で、立食パーティーをするみたいだけど。

今そのフル装備が必要かどうかは別として、ふたりとも元気そうなのが何より嬉しい。

そして3人の先生たちにも、ちゃんとお礼を言わなければ。

「皆さん……ご迷惑をおかけして、本当にすいませんでした」

「亜月ちゃん。そうよなことは、気にせんでもええんよ。本当《ほんま》にウチらの共通点は、亜月ちゃんしかないいんじゃやけぇ」

「だよなー。実はこいつ、一体化しないことで重要な役割を果たしてたりしてなー」

「でも富広先生も堤先生も、おれとは新見で少しだけ繋がってると思いません？」

「……どうじゃろうか、薄い気がするけど」

「天邪鬼には、あんまりいい記憶がねーからなー」

明日はこの3人が、二子玉川駅前、練馬駅前、そして江戸川町駅前を封じてくれるはず。

それですべてが終わるわけでもないのに、不思議と少しだけ肩の荷が下りた気がした。

それに気づいたのか、テンゴ先生が満足そうな笑みを浮かべている。

先生にもみんなにも、どれだけお礼をしても足りないだろう。

本当にあたしは幸せ者だと、つくづく身に染みて感じたのだった。

▽ ▽ ▽

外来の待合室に急ごしらえされた立食パーティー会場で、わりと楽しく過ごした翌日。

いつもは憂鬱《ゆううつ》な逢魔時が、これほど待ち遠しく感じるとは思ってもいなかった。

千絵さんは練馬区の練馬駅前へ「あやかし捜査局」の方たちと一緒に、堤は世田谷区の二子玉川駅前へ「グース・ライダーズ」さんたちと一緒に向かってくれた。

残る江戸川町駅前は、芦萱先生が担当してくれることになり。

あたし、テンゴ先生、八田さん、そして芦萱先生を前にして、今日も黒ずくめの隊員たちが、10人ほど整列しているのだけど。

外来の待合室は、いつもの出撃前とは少し空気が違っていた。

「それじゃあ、芦萱先生。今日はあたしとテンゴ先生も混ぜてもらいますけど、足手まといにだけはならないように気をつけますから」

なぜかテンゴ先生が不服そうな顔をしている上に、整列した八田さんの部隊《SOP》にも微妙な空気が流れている。

「おい、亜月……おれだけ、なんか嫌われてないか？」

それを聞いて、隣でテンゴ先生の頬がピクついた。

「そう、ですか？」

「どこを誰が封じるかは、あみだくじで決めただろ？　ご希望の仏でもあったのか？」

「あー、たぶんですけど……テンゴ先生は、芦萱先生の呼び方が」

「え？　おれの呼び方って、なんの呼び方よ」

「あたしを、その……『亜月』って」

「ハァ？　呼び捨てが気に入らないってか」

眉をひそめて振り返った芦萱先生に対して、テンゴ先生はプイッとそっぽを向いた。

大人げないけど、間違いなく当たっていると思う。

そして追い打ちをかけるように、どこからともなく舌打ちが響く。

「チッ――」

部隊の皆さんは、たぶん納得していないだろうなと薄々は感じていた。

凄まじい結束力は自分の背中を仲間に任せる信頼の結晶であり、それは部外者を易々《やすやす》とは信用しないことにもつながる。

「じゃあこの八田爺や専属の特殊部隊が、全員そろって不服そうなのは？」

あたしの代わりに門を封じてくれる芦萱先生に対して、これはとても言いづらい。

八田さんは部隊員たちのボスだからか、まるでその気持ちを代弁するかのように。

凛《りん》と背を正したまま、隊員たちの態度を叱責《しっせき》するつもりはないらしい。

これをあたし自身の口から言うのは、どうかと思うけど。

「あー、たぶんですけど……この方たちは」

あたしが説明する前に、隊員たちが一斉にブーツの踵《かかと》をそろえた。

その統率の取れた視線は、すべてあたしに向けられている。

『オレたち、ス《S》クワッド・オ《O》ブ・プ《P》リンセス――』

あぜんとする芦萱先生を前に、隊列が一斉に声を張り上げた。

『――亜月様が地獄に咲く花をご所望とあらば、笑って摘みに参ります！』

これってたぶん「オレたちはオマエのためには戦わない」という意思志表示だろうけど。

なんとも露骨すぎて、非常に気まずい。

「ということ、だと思うんです……はい」

「まじかよ。全員が亜月――じゃなくて、七木田の親衛隊ってこと？」

ようやく八田さんが一歩前に出て、部隊の方たちに「休め」の指示を出した。

「芦萱院長先生。この者たちは、己《おのれ》の敬意と名誉《リスペクトアンドオナー》にのみ忠実な番犬。院長先生が亜月様と同様、命を捧げるに値する人物だと認めれば、必ずやその本領を発揮するかと」

「うへぇ、めんどくさい連中だなぁ……それ、どうすりゃいいの？」

「兵士は力強い者、導いてくれる者に従います。これから共に異界の門を封じる仲間として、可能であれば『一体化』した姿を見せていただければ」

「まぁ……それで納得してくれるなら、いくらでも見せるけど」

「あぁっ、そういえば！」

ものすごく大事なことを忘れていた。

守護仏尊と一体化するには、強い絆で結ばれた仲間やパートナーが必要なはず。

あたしとテンゴ先生は、それでめちゃくちゃ困っているのに。

芦萱先生は今、軽く「いくらでも見せる」と言った。

「なに、今度は」

「芦萱先生の――っていうか増長天の眷属って、持丸さんのことだったんですか？」

「持丸さん？　今でも普通に、事務をやってもらってるけど」

「そうじゃなく。眷属とか運命とか因果律とか、誰かそういう『絆の深いヒト』がいないと、増長天と先生は一体化できないはずなんです」

「眷属……鳩槃茶《くばんだ》のことか？」

「いや、なんかよく知りませんけど」

「知らないのかよ。たぶん、あいつのことを言ってるんだと思うけど」

「えっ⁉ 先生、そんなヒトがいたんですか！」

「失礼だな。あれから、3年も経つんだぞ。おれだって、フツーに結婚するわ」

「け――えぇっ⁉」

うっそ、しかも女性なの？

ヒトって、3年あったら結婚できるの？

だったらあたしとテンゴ先生なんて、いつ結婚してもおかしくないじゃん。

「そうか、七木田にも言ってなかったのか。あいつ、親にも黙ってたぐらいだしなぁ」

「待ってください！ あたしの知ってる人ですか⁉」

「知ってるっていうか、唯一の親友だって言ってたぞ」

は、なに親友って。

そんなの数えるぐらいっていうか、ひとりしか思い浮かばないんだけど。

「まぁ、見た方が早いよ。オン・ビロダキャ・ヤキシャ・ヂハタエイ・ソワカ」

わりと静かに真言を唱えながら、芦萱先生が両手で印を結んだかと思うと。

堤をさらに超越した増長天との一体化が、芦萱先生の体に現れ始めた。

「ちょ――ヤだヤだ！ なにこれ、キモいですって！」

隣のテンゴ先生も八田さんも、もちろん部隊の方たちも、開いた口が塞がらない。

芦萱先生の体がボコボコと歪に無秩序な増殖強化を繰り返し、上半身と下半身、右腕と左腕が均整を崩しながら、見たことのある増長天と一体化——というより、融合？

ゴツくなりすぎた右手には、先端の割れた槍のような戟《げき》という得物を持ち。

右手には宝刀《ほうとう》を持つという二刀流で、持国天の堤と同じように後光が炎を放ちながら回転していた。

「キモいって……い……一体、化してる……だけ、なんだけど……」

ちょっとマジでこの姿はヤバいって、身長が1.5倍になったクリーチャー仏ってなによ。

あたしが石垣島で見た増長天って、もっとファンクな感じだったはずなのに。

いやいや、待って待って——これ、どこかで見たことある気がする。

わかった、嫌がるあたしの部屋でハルジくんがやってた、バイオなゲームだ！

研究所から漏れ出したTだかGだかのウイルスで、街がハザードになるヤツのボスだ！

「うわぁ……芦萱先生の一体化も、なかなかに強烈ですね」

「堤、先生……のは、どう……なの？」

「あれはどちらかというと融合ではなく、ニチアサの変身系——あれ、芦萱先生？」

増長天だけでなく、もうひとり他に誰かと融合してません？

ぼこぼこに盛り上がった両肩から細い両腕と顔が出ているっていうか、おんぶしてる？

その均一に日焼けした顔と腕は、ぜったい芦萱先生じゃないというか女性で——。

なんで……ちょ、はい⁉

ムリムリ、ぜんぜん頭が追いつかない！

「亜月ぃ！　久しぶりぃ！」

それはあたしがLINEを送れる唯一の友だち、梨穂。

就活を最初から放棄して、沖縄の離島にあるガールズバーで働きながら、ダイビング三昧の生活をすると宣言して実行した、梨穂。

当時はそれをリゾキャバと呼んでいた、梨穂。

300か400本ぐらい潜って均一な焦げ茶になった、ショートカットの元気娘——というか、おっさんくさいノリのせいで既婚者かバツイチにしか言い寄られなかった梨穂。

ダイビングショップの人と仲良くなりすぎて、ボートクルーのバイトをしていた、梨穂。

「——なんで梨穂が、そこに⁉」

「なんでって、妻でダイバーで船長で眷属だから？」

「いやいや、なにその船長って——じゃなくて、は？　眷属？　妻⁉」

「わたしたちー、結婚しましたー。って、ほら。一緒に指輪見せなさいよ」

「おれも？」

もの凄く軽いノリで芦萱先生を揺すり、おそろいの結婚指輪を見せてくれた。

芦萱先生の指輪は指に思いっきりメリ込んでたけど、頭の中はそれどころではない。

「り、梨穂さぁ……なにがどうなったら、そうなるのか……簡単に説明してくんない？」

「えーっ、カンタンに？　あーもうこれはヤるな、って雰囲気になったから？」

「それ、まとめすぎ！」

「だから。石垣島へダイビングに行って、飲み過ぎて酔い潰れて道ばたで寝てたわけ」

「無防備か！」

「いやいや。道ばたで寝るのは、離島でよくある話なんだけどさ。したら車でプップーって起こしてくれたのが、この巧海《たくみ》ちゃんでね。あーもうこれはヤるな、って」

ホントあんたって、雰囲気とノリで生きてるよね。

ためらいとか戸惑いとかって、昔っからないよね。

次の言葉が出て来なくて困っていると、さすがに芦萱先生が補足してくれた。

「話が進まないから説明するとな。どうも梨穂って、鳩槃茶の4世代目だったんだよ」

「え……だって別に梨穂は、以前から輪郭が光ったりとかしてなかったですけど」

「もう、ほとんど発現することはないと思う」

世代が進むと、次第にヒトと区別がつかなくなってくる。

たしか芦萱先生は、それを研究していたはずだった。

それにしても、梨穂が増長天の眷属？

だいたい鳩槃茶ってなによ、そういう気配すら感じたことなかったんだけど。

なんかワケもなく悔しいので【領域別仏尊と眷属の相関図】を開いて探した。


く……くば……あった、鳩槃茶。

え、八《はち》部《ぶ》衆《しゅう》の「夜叉」に相当する？

夜叉って、あたしの眷属じゃ——あ、やっぱり毘沙門天の家来だと書いてあるじゃない。

だから仲良かったのかな、って増長天の家来でもあるの？

ヒトの精気を食う鬼神——あ、だからリゾキャバ!?

水を護る神でもあるって、そういう意味でダイビングなの!?


うん、梨穂は鳩槃茶だわ。

芦萱先生と結婚するのも、因果律だとは思う。

けど、その絆って一体化できるほどなの？

あーもうこれはヤるな、って「強い絆」と言っていいの？

妙な納得と疑問に混乱していると、いきなり隊列が一斉に踵をそろえて斉唱した。

『オレたち、スクワッド《S》・オブ《O》・プリンセス《P》——』

クリーチャー増長天になった芦萱先生なのに、やっぱりこれには驚くらしい。

『——亜月様のご盟友《めいゆう》が地獄に咲く花をご所望とあらば、笑って摘みに参ります！』

八田さんはすごく満足そうにうなずいて、巨大クリーチャー増長天の背中を叩いた。

「芦萱クリーチャー増長天様院長先生。これで隊員たちも、安心して共に戦えます」

「その敬称、おかしいから。あとあいつらが認めたのは絶対おれじゃなく、背負ってる梨穂が七木田の親友だからだろ？」

「それもございましょうが……おそらく亜月様の唯一無二のご盟友が、全幅の信頼を置いて身を委ねておられる方。そういう意味でも、院長先生を信頼したのではないかと」

「全幅の信頼って、丸ごと全部さらけ出しておんぶに抱っこの生活をすることか？」

「それは梨穂様の信頼あってこそ。まさにその絆が、お姿にも現れているのでしょう」

「まぁ、おれも……そのシームレスさが心地よかったから、結婚したんだけどな」

八田さんの解釈を聞いて、ようやく納得できた自分が悔しい。

たしかに梨穂は、ハッキリしすぎた性格をしている。

白か黒、1か0、良いか悪いか、好きか嫌いか——ある意味「人の気持ちは関係なし」で、自分の価値観が判断基準のすべて。

一度相手を信頼してしまえば、あとは何も恐れない。

だから逆に、友だちも彼氏も今まで数えるほどしか居ない。

「アヅキ。あれはあれで、いいものだな」

隣で呆然と眺めていたテンゴ先生が、ぽつりとつぶやいた。

「え……クリーチャー融合系の、一体化ですか？」

「いや。ああいった、ふたりの関係だ」

あたしは梨穂ほど自分に自信もないし、割り切れていない。

この身をテンゴ先生に全部丸投げしたとして、いつまで受け入れてもらえるのか。

叩いて出るようなホコリはないけど、いずれはボロが出て呆れられるだろう。

だって、永遠に変わらないものなんてないと知っているから。

そんなことを不安に思っていると、八田さんがインカムに耳を傾けて顔色を変えた。

「まさか――」

「ど……どうしたんですか、八田さん」

「――お待ちください。出力を室内スピーカーに切り替えます」

診察室の呼び出し用に設置されたスピーカーから聞こえてきたのは、翔人さんの声。

ただしそれは、今まで聞いたことがないほど慌てていた。

『二子玉川、練馬の各制圧部隊リーダーへ！　攻撃目標変更！　直ちに部隊を、すべて江戸川町駅前に移動させろ――そうだ、ひとり残らず全員だ！』

「し、翔人さん!?　世田谷と練馬で、何があったんですか！」

『観測していた門の波動が、急に消えた……こんな挙動は、今まで一度もなかったのに』

「じゃあ今日、都内で開く門は江戸川町駅前だけになったんですか？」

『……その代わり、日本全国の門が『一斉』に開きそうだ』

「全国一斉!? じゃあ部隊は、江戸川町駅前じゃなくてそっちの方へ」

『違う、違うんだ！ みんな、よく聞いてくれ、これはどう考えてもおかしい。全国どの門も、開く前兆の波動は感知するのに、中で蠢《うごめ》く異形の波動がまったくない』

それを聞いて血相を変えたのは、テンゴ先生だった。

「待て、翔人。それは全国的に餌のオドは吸い込まれるのに、それを捕食する異形が中に存在しないということか？」

『そうだ。それなのに唯一……江戸川町駅前の門だけは、異形の波動を認めている。しかも今まで観測したことがないほど巨大で、計測値は現れる前からすでに振り切れている。これがなにを意味するか、わかるか！』

「……全国のオドも異形も、すべてこの江戸川町駅前の門に集まっている？」

『そうだ――日本中の門は、内側で繫がっていたんだよ』

「そんな……なぜ、江戸川町駅前だけが」

『今まで手つかずだった最もヒトのオドを集めやすい東京都の3カ所を、四天王の三尊が一堂に会して封じに来たんだ。それに抗《あらが》うには全国のオドを1カ所に集めて急激に加圧し、魔道と繫げて勝負に出るしかないと考えたのだろう』

「しかし相手は、純粋な悪意の異形だぞ。抗う、勝負に出る、考えるなど……そういった戦略的思考を持つ知的集合体に、なるはずが」

「可能性はありますぞ、テンゴ院長先生」

「……え？」


「唯一、魔道の王『マーラ』ならば」


八田さんの顔はまるで歴戦の老兵のように険しく、部隊に手信号を送っていた。

それを見た黒いフル装備の集団が、一斉にライフルへ弾丸を装塡する。

つまり、一刻の猶予もないということだ。

「な――それは誰も見たことのない、伝説の魔神だぞ！」

「ですが江戸川町駅前の門が『すでに』魔道と繫がっている可能性がございます」

「伝説通りなら……次は異形を餌にマーラが這い出してくる、ということか」

「本日我々は、魔道の王と相見《あいまみ》えざるを得ない、と考えるべきでしょう」

新型ウイルスの世界的大流行で、爆発的に増えたヒトのオド。負の渦《オド》。

そのオドを餌に増えた異形をさらに飲み込み、異界の門からは魔道の王が現れるという。

知らないということは、幸せなのかもしれない。

正直に言うけれど――どんな恐ろしいことが起こっているのか、頭がついてこない。

おそらく今、あたしの思考と感覚は止まってしまったのだと思う。

▽▽▽

江戸川町駅の、西口エスカレーター前。

時刻は、まさに逢魔時の直前。

二子玉川と練馬から急いで戻って来てくれた堤と千絵さん、そして人目を気にして一体化を解いた芦萱先生と、いつ現れてもおかしくない異界の門を待ち構えていたけど。

堤ですら平気なフリをしながら、緊張のせいか無意識に唇を噛んでいた。

「なー。これ、どうなるの？　魔道の王なんて、絵本のレベルでしか知らねーんだけど……知恵を授ける係の広目天はそのあたり、なんか言ってなかった？」

「いやぁ……ウチもあいつから、聞いたこともないんよね。だいたい、魔道のこと自体をよう知らんのよ？　急にそこの王様が出て来る言われても……増長天さんは知っとる？」

あの博識ぶった千里眼の広目天ですら、ほとんど口にしない存在。

それが魔道であり、そこから這い出そうとしているのがマーラという魔神なのだ。

「おれの仏が？　だってあいつ、ファンクな野郎ってだけでさ。結局は持国天と似たり寄ったりで、あんまり独尊で祀られるタイプじゃないらしいんだよな」

「おい、こら。てめー、おれのことバカにしてんのか」

「してないって。お互い特徴のない助っ人タイプの仏だって、言ってるだけだろ？」

「助っ人じゃねーわ！　フリーランスって言えや！」

水平線に太陽が沈み始め、もめている時間など残されていないことを警告している。

地上のビル群と雲に挟まれた世界は、次第にオレンジ色へと染まり始めていた。

とりあえずの問題は、駅前の帰宅時間。

なんとかしないと、一般あやかしさんたちが大量に巻き込まれてしまう。

「亜月様。柚口刑事が、駅の西口側だけ封鎖してくださるそうです」

「えっ⁉　本当ですか！」

こうして考えると、あたしの人生は助けられてばかりかもしれない。

そもそもクリニックのみんなに拾われて、八田さんとM＆D兄弟に守られ、三好《みよし》さんや仙北さんや翔人さんに助けてもらい、今は柚口刑事のお世話になっている。

毘沙門天を背負ってるあたしの方が、ぜんぜん特別じゃない気がしてならない。

ましてや毘沙門天が出て来ないあたしなんて、ただのお荷物でしかない。

「西口階段に落盤の可能性があるという設定で立ち入り禁止にして、東口だけを残すと」

すぐに周囲が騒がしくなったと思ったら。

拡声器を持った警察官と駅員さんたちが、乗降客とタクシーへ退去と誘導を始めていた。

やがてコーンが並べられ、あっという間に張られた黄色いロープで空間が確保された。

今はこれが最優先なので、この後どんな噂や画像が流れても仕方ないだろう。

「じゃあ、八田さん！　制圧部隊の方たちは、どうされますか⁉」

「門は前方へ半球状に結界を張って境界世界を形成するため、限られた狭い空間での近接戦闘《CQB》を強《し》いられます。そこへ一体化した四天王が三尊も存在すれば、身内同士《フレンドリー》の誤射《ファイヤー》が避けられません」

確かにさっき見た、芦萱先生と増長天の一体化は強烈だった。

持国天の堤がヒーロー変身して大暴れするのは知っているし。

はたして千絵さんと広目天の一体化は、どうなるものだろうか。

「オレたち、スクワッド《S》・オブ《O》・プリンセス《P》――」

八田さんの背後から、ふたつの黒い影が現れた。

「――亜月様が地獄に咲く花をご所望とあらば、笑って摘みに参ります！」

全身黒ずくめのフル装備で、マイキーとダニーはそろって親指を立てている。

今日ほどこのふたりを、心強いと思ったことはない。

「ですが、亜月様。いかなる状況になろうとも、わたくしども親子3人の最小にして最強のユニットが、必ずやおふたりを死守いたします」

「ありがとう、八田さん……マイキーさん、ダニーさん」

「と、とんでもねぇ！　そんな、感謝だなんて――なぁ、アニキ!?」

「Ah《ああ》、大丈夫……そういうの、照れるんで……ムリ」

「こんな時にホントは、あたしも毘沙門天と――」


『おぅ、帰ったぞ』


不意に、聞き慣れた憎たらしい声が背後から響いた。

さすがにその場に居た全員が、あたしを振り返った。

もちろん、あたしもだ。

「な――ッ!?」

その右手に槍のような戟と、左手に宝塔《ほうとう》を持ち。

横柄な態度で仏頂面《ぶっちょうづら》をした、ホコリ臭い木造仏ヤロウが立っていた。

『悪《わり》ぃ、悪《わり》ぃ。ちょっと上に呼ばれてたモンでよ。なんだ、今からマーラと対決か』

「ちょ……あんた、今まで……っていうか、上に呼ばれて……って、ゴラァァ――ッ！」

言葉にならないあたしの慟哭《どうこく》を合図に、周囲の世界が色を失った。

つまり逢魔時となり、異界の門が開いて結界が張られたということ。

頭に血が上ったあたしは、テンゴ先生に止められなければ、M&D兄弟から銃を奪い取ってこのふざけた仏像に風穴を開けてやるところだった。

『は？　なにキレてんだよ。ほら、マーラが出て来るぞ。さすがにあいつをここから出したら、この世はヤベーことになるからよ』

「フツーはキレるでしょ！　激昂《げきこう》するでしょ！　あんた、マジで燃やされたいの⁉　今の今まで、どこに行ってたの！」

『オマエ、聞いてた？　上に呼ばれてたって言っただろ？』

「なんなの、上って！　誰のこと言ってんの！　いつから中間管理職になったの！」

『あのなぁ。四天王で最も有名な毘沙門天様といえどもな？　仏の縦社会じゃ、中間管理職どころか下っ端なの。如来に始まり、菩薩、明王と続き、オレらはその下の「天」』

「その下っ端ヤロウが、なんで上長仏《ボトケ》から呼び出されてたのかって聞いてんの！　あんたが姿を消してる間、あたしたちがどれだけ辛い思いを――」

「アヅキ。今はその前に、一体化の話をするべきでは」

テンゴ先生に肩を揺すられ、ようやく我に返った。

あーもうっ、こいつマジで許すまじなのに！

わかってますよテンゴ先生、今は優先順位が違いますよね！

心頭滅却すれば、怒りもまた今度ですよね！

『そういえば、オマエら。いつになったら、この毘沙門天様《オレ》と一体化するんだ？』

「それ、こっっっちが聞きたいのッ！　なんであたしとテンゴ先生だけ」

その言葉を遮《さえぎ》ったのは、まさに空気の爆発だった。

ドンッ――と門から放たれた、強烈な気体の振動。

「アヅキ！」

目に見えない巨大な波で後ろへ弾かれたあたしの体を、テンゴ先生が受け止めてくれた。

耳鳴りのようにキーンと甲高い音が鳴り続けているけど、それどころではない。

駅の西口にあるエスカレーターと階段をまたいで出現していた、異界の門。

その両開きの扉が、一瞬で「内側」から吹き飛ばされたのだ。

「おふたりとも、お下がりください！」

壁を作るように、八田さんとM＆D兄弟が咄嗟に前へ出る。

それを平然と見ている毘沙門天に、あたしは我慢がならなかった。

「ちょっと、バカ仏！　この様子を見て、なんとも思わないわけ⁉」

『いやそれ、こっちが聞きてぇんだけど』

「ハァ⁉」

『あれ見て、なんか思うところないワケ？』

指さした先に、倍ぐらいの大きさになった広目天が姿を現したかと思うと。体のパーツにメカニカルな割線の光が走って、胴体と両腕と両脚部分がパカパカ――ッと開き。

吹き飛んだ門を冷静に見あげていた千絵さんは、そこへ背中からスッポリと体を入れて乗り込んでしまった。

開いていたパーツがバシバシ——ッと閉じて、近未来戦闘用仏《ホトケ》への搭乗完了。

それはハルジくんのSF撃ち合いゲームで見た「パワード・スーツ」の仏像版だった。

「な……ち、千絵さん……？」

『あれが、広目天の一体化な』

「え、待って……富単那の富広は？」

『操作系モニターの中に入ってるって、聞かなかったか？』

そうきたか、内蔵されちゃったか——。

堤は変身ヒーロータイプで、樽原さんと石谷さんは意識の伝達でサポート。

芦萱先生はバイオなハザードのタイプで、梨穂はおんぶという名の融合でサポート？

じゃあ、あたしとテンゴ先生は？

「その前にあたし、どうやったらアンタと一体化できるの？」

『あいつら3体を見て、なんか気づかね？』

ガッシン、ガッシンと、大股で歩きながら開いた門へと登って行くパワード広目天。

甲冑をまとい、相変わらず戟と独鈷杵を振り回しながら駆けて行くニチアサ持国天。

後ろからだと、おんぶされた梨穂が目立って仕方ない巨大クリーチャー増長天。

「……いや、なんか……恐いっていうか」

『見てくれじゃねぇ。互いの関係のことを言ってんの』

「絆……って、こと？」

『千絵と富広の関係は、完全支配系の信頼だ』

「支配って、信頼なの？」

『那義《なぎ》が那義である限り、那義はウチのもの。そしてウチは那義のものだと、誓います』

「なにそれ」

『結婚式で千絵が言った、誓いの言葉だ。その関係性が、あの一体化にはよく現れてる』

富広のすべてを飲み込み、そんな自分も富広のものであるという強烈な一体感。

あの誓いの言葉は、そういう意味だったのだ。

「待って、芦萱先生と梨穂は？　バイオな融合系クリーチャーなんだけど」

『オマエには、まだ分かんねぇかもなぁ。あれは、千絵と富広の逆パターンだよ』

「まさか……」

——全幅の信頼って、丸ごと全部さらけ出しておんぶに抱っこの生活をすることか？

『手間がかかって、なにからなにまで世話焼かなきゃならねぇし、ちょっと目を離すとどこへ行くか分からねぇように見えて。実はおんぶに抱っこで、自分にベッタリな存在が愛《いと》おしい。そういうので成り立ってる関係も、ありってことだな』

そして堤たちは言うまでもなく、小学生の頃からの幼なじみ。

いつでも、いつまでも、3人そろって——だから一体化は、あの形で正解なのだ。

「……じゃあ、あたしとテンゴ先生は？」

『ばーか』

「痛っ」

「エ……？」

手にした宝塔で、あたしとテンゴ先生は頭をポクポクッと叩かれた。

すると無性に腹が立った直後、そういう怒りや雑念がスッと消えていった。

これが本来あるべき、仏の力なのだろうか。

『おまえらは、ふたりだけで完結できるほどの関係か？』

「なにそれ。あたしは、テンゴ先生に相応しくないってこと？」

『やっぱ、そんなことを不安に思ってたのか。だから一体化できねぇんだよ、ばーか』

「痛っ！　ちょ、痛いって！」

「するとやはり原因は、俺が眷属でないことが——痛っ！」

すかさず一歩前に出て、毘沙門天に真顔で問いかけたテンゴ先生だけど。

やっぱり宝塔で、ポクポク叩かれてしまった。

それって、そういう風に使うものなの？

『最後まで、それを気にしてたとはな。おまえらそろって馬鹿《ばか》っていう意味では、バカップルとしてなら合格なんだけどなぁ』

「ちょっと、もういい加減に教えてよ。あたしが悪かったから、今までのことは謝るし、もう降参するから、仏の顔も三度までにするから」

『最後、意味が違うだろ』

ヤレヤレとため息をついて、ブン——ッと戟をひとふりすると。

目の前に人影が、瞬間移動で現れた。

「はい……？　なにこれ、どこよここ……って、亜月ちゃんとテンゴ!?」

赤っぽい茶髪で、明らかにホスト系のイケメン。

少しテラテラした黒いスーツと濃紺のシャツに、気だるげに少し緩めたネクタイ。

いつでもどこでも、やたらいい匂いを振りまく——。

「あんた……タケル理事長なんか呼び出して、どういうつもりなの？」

『うるせぇな。まだ、続きがあるんだよ』

「おいこら、仏。それ聞きたいのは、オレの方だって。ちょ、なんで最前線に？　オレはブレインで財務省だけど、か弱い男子だって知ってるだろ？」

動揺するタケル理事長を気にもせず、毘沙門天は戟をもうひと振り。

「は……？　なにこれ、駅前……って、あーちゃんとテンゴさん!?」

現れたのは版権がだいぶ厳しくなってきた、アイドルJr。サラッサラの無造作ヘアをかき上げながら、ハーフモデルみたいな永遠の少年。こんなに部屋着のまま外に出ても、ぜんぜん違和感のない爽やかな弟は——。

「……ハルジくんまで？」

『まだ気づかねぇのか。おまえ鈍いっていうより、ちょっとアレだな』

「ボクも戦うの？　だったら、八田さん。何か武器、貸してくれない？」

ふたりが呼び出されたのを見て、慌てて八田さんとM&D兄弟が駆け戻ってきた。

「タケル理事長先生に、ハルジ坊ちゃんまで！　なんということを……これは、なんとしてでも、命に代えても守り抜かねば——マイキーーッ！」

「Hooah《フーア》!!」

「おまえは、タケル理事長先生の楯になれ。それから万が一のため、ハンドガン《グロック》をお渡しして扱い方をお教えしろ」

「了解《コピー》！」

「ちょ、ちょ、オレは銃とか撃てねぇってば！　非力な美青年なんだってばよ！」

めちゃくちゃ嫌がるタケル理事長に、マイキーさんは無理矢理銃を握らせている。

「ダニーーッ！」

「Hooah《フーア》!!」

「おまえは、ハルジ坊ちゃんの楯だ。坊ちゃんは銃が扱える。サブウェポンのショットガン《SPAS》をお渡ししろ」

「了解《コピー》!」

「えーっ。ボク、そっちのアサルトライフル《SCAR》の方がいいなぁ」

それはちょっとご勘弁をと言われながらも、ハルジくんはわりとウキウキしていた。

「……ねぇ、どういうこと? なんでタケル理事長と、ハルジくんまで呼んだの?」

この非常時に毘沙門天《コイツ》がなにを考えているか、いまだに理解できない。

そもそもあたしが聞きたかったのは、あたしとテンゴ先生に足りない絆のことなのに。

『おまえが知りたがってた「絆」だよ』

「え……?」

『七木田亜月と新見天護の絆ってのは、ふたりで形作《かたちづく》られたモンじゃねぇ――』

そう言われて、あらためて気づいた。

あたしはいつから、恋人や夫婦のような最小単位の「絆」に縛られていたのだろう。

思い出してみれば、最初に一体化した堤たちは恋人同士でも夫婦でもない。

最初から、最大のヒントは与えられていたのだ。

『――そこのチャラい貧乏神や引きこもり座敷童子《ざしきわらし》、限界突破して忠実な八咫烏の親子、お人好しの三吉鬼《さんきちおに》、なにかっちゃ首を突っ込んでくるセンポクカンポクに鎌鼬。その他諸々、言ってみれば「江戸川町全体」が、おまえらにとっての「絆」じゃねぇの?』

あたしは、バカみたいに落ち着きがない脳天気女。

テンゴ先生は、どこか斜め45度ぐらいズレている天邪鬼。

そんなあたしたちを繋げているのは、ふたりだけの思いじゃない。

みんながそばに居てくれるからこそ、あたしたちは楽しく幸せな毎日をすごせるのだ。

「そっか……そういうことだったんだ」

すべてが心の真ん中へ収束していくと、こんな状況なのに穏やかな気持ちになった。

そして隣を見あげると、そこにはいつものテンゴ先生の顔がある。

「アヅキ……」

「……テンゴ先生」

『じゃあ、おまえら。一体化するから、写真撮るぞ』

毘沙門天がデジカメを構えているほど、違和感のある光景はないだろう。

しかもその背後で、扉の吹っ飛んだ門から巨大な何かが這い出ようとしているのに。

「ハァ? あんた、やっぱりバカ仏なんじゃない?」

『記念撮影だよ。こうして集まって撮ることなんて、今まで一度もなかったからなぁ』

あんた、田舎のお爺ちゃんなの?

今さら言うのもアレだけど、わりと急がなきゃいけないんじゃないの?

『ほら、八咫烏ども！　早く入れよ、もっと寄れって！』

「し、しかし……その、わたくしどもは……」

「そ、そうだよ……なぁ、アニキ」

「Ah《ああ》……身辺警護《SP》が、記念写真には」

「八田さん！　こっち、こっち！」

「あ、亜月様……」

そんな戸惑う八田さんの腕を、あたしは思いっきり引いた。

八田さんはスーパー執事で、スーパー爺やで、あたしたちの大切な人。

そんな気持ちは、タケル理事長もハルジくんも同じだったようで。

写真に入るよう、真っ黒いフル装備のM&D兄弟の肩を押している。

「ほら、特殊部隊ブラザーズ。せっかくだから、一緒に写ろうぜ」

「えっ⁉　け、けどオレ……だったら、散髪して来るんだったのに……」

「ねーねー、写真を撮る時だけでいいからさ。そっちのライフル、ボクに持たせてよ」

「Sure《シュア》」

あたしとテンゴ先生を中心に。

それを取り囲むように集まった、タケル理事長、ハルジくん、八田さんとM&D兄弟。

本当はもっともっと、一緒に写って欲しい人がたくさんいる。

この戦いが終わったら——絶対みんなに集まってもらって、一緒に写真を撮ろう。

「ちょっと。あんたは一緒に写らないの？」

『はぁ？　仏ってのは心の中に在れば、それでいいんだよ——はい、チーズ』

はっきりと聞こえた、小さなシャッター音。

それと同時に、肩を寄せ合っていたみんなの輪郭が光り輝き始めた。

「アヅキ……これは」

「なんか、みんなの気持ちが体の中に入ってきますね」

いよいよ、あたしたちと毘沙門天の一体化が始まる。

あたしたちは、いったいどんな姿形になるのだろうか。

『よーし。じゃあ遅れたけど、門に行くぞー』

「……はい？　ちょ、あの……一体化は？」

『してんじゃん』

「どこが？」

『ユニット「あやかしクリニック」として』

タケル理事長も、ハルジくんも、そしてもちろんあたしも。

みんなして首をかしげているのに、八田さんだけが何かに気づいて声を上げた。

「マイキー、ダニーッ！　第一警備《プライマリ・リング》ポジション！」

それに合わせてM&D兄弟が両横に広がり、3人であたしたちを取り囲む隊形になった。

そしてもちろん、この集団の先頭を堂々と歩くのは毘沙門天だった。

「なるほど……そうか、そういうことか」

「テンゴ先生。これ、意味わかります？　あたしたち、一体化してます？」

「アヅキ。俺たちは毘沙門天が分隊長の、ユニット『あやかしクリニック』になったということだと思う」

「……はい？」

「それぞれが、それぞれに役割があり、ひとつの目的を達成するために行動を共にする——これこそ俺たちふたりに相応しい、一体化の形ではないだろうか」

何だかよく分からないけど、テンゴ先生がそう言うのなら間違いないと思う。

でも、決してこれで終わりなんかじゃない。

すべてがこれから始まるということだけは、鈍いあたしにも理解できた。

▽　▽　▽

それは腕というには、あまりにも歪すぎた。

大きく無骨で重々しく、そして大雑把な肉の塊だった。

「……なんなの、これ」

扉を吹っ飛ばして内側から這い出ようとしていたのは腕だと、辛うじて認識できた。

『オドを餌に増えた異形をも糧として食らい、現世に這い出そうとしている混沌と煩悩の魔神――これが魔道の王と呼ばれるマーラ。こいつに対話や意思疎通は無理だからな』

それを左側から、千絵さんの操縦する大型パワード広目天が押さえつけ。

右側からは、梨穂をおんぶした芦萱クリーチャー増長天が押さえつけ。

その真ん中でニチアサ系持国天の堤が戟でブスブス刺しているものだから、何かどす黒い液体に錆色《サビ》の粉が浮いた体液がジクジクと染み出ている。

「ねぇ、ひとつ聞いていい？　何のこと言ってるか、全然わかんない」

『聞いたことないか？　その昔、悟りを開く禅定《ぜんじよう》に入った釈迦《しやか》を相手に、瞑想《めいそう》を妨げようと戦いを挑んだバカな悪魔がいたって話』

まったく聞いたことのない話だったけど、テンゴ先生は違うようだった。

「マーラとは……あの『死の人称形《にんしようけい》』とも言われる、マーラ・パーピヤスのことか！」

『おぉ？　あやかしクォーターのクセして、よく知ってんなぁ』

「そんな……では、こいつが現世に這い出したら……」

『釈迦が負けたことと同義になる。つまり「教え」の一切存在しない世界――この世は無秩序と混沌が支配する、煩悩だけがすべての地獄になるってことだ』

ちょっとそれ、あたしたちが扱うには規模が大きすぎない？

このマーラってヤツの腕１本を押さえるのに、これだけ苦労してるんだよ？

M&D兄弟の構えたライフルが、オモチャに見えてきたんだけど。

「おーっ！　ようやく来たかーっ、毘沙門天！」

キモい腕をブスブス刺していたニチアサ堤が、久しぶりとばかりにハイタッチした。

『あぁ、上に呼ばれてよ。この後の指示を聞いてきたんだけど……って持国天《おまえ》、ホントに堤《そいつ》と一体化してんだな』

「まぁな。けど結局おまえらは、ユニット形式だったか。らしいっちゃ、らしいなー」

毘沙門天がステステ歩いて行くから、仕方なしに門の前まで恐る恐るついて来たけど。

この間近で見る腕というか、なんというか、ともかく見たことのない蠢く物体。

地球上のどの生物でたとえようとしても、当てはまる物がまったく思いつかない。

ゴリゴリしていて、ブニブニしていて、ブツブツしていて、ちょっと毛も生えていて。

ともかく巨大でキモいのに、これで体の一部だというのだから鳥肌どころではない。

思わず隣にいるテンゴ先生と、強く腕を組んでしまった。

「アヅキは、これを見ても大丈夫だろうか」

「しばらく忘れられそうにないですけど……とりあえず、それどころじゃないですよね」

「毘沙門天には、なにか策があるのだろうか。少なくとも俺たちユニット『あやかしクリニック』に、為す術はなさそうなのだが」

なんの策もないのにあんなに余裕ぶってるなら、あいつマジで燃やします。

ていうか堤も毘沙門天も、必死に押さえてくれてる千絵さんと芦萱先生に失礼だわ。

「ちょっと、ちょっと！　これ、どうする気なの!?」

『うるせぇなぁ。今それを、説明しようとしてるだろ？』

「じゃあ、急ぎなさいよ！　もうすぐ、逢魔時が終わるじゃないの！」

さっきは何か「一体化した感」があったけど、あんたやっぱりムカつくわ。

あんたとあたしの関係、今までと絶対なにも変わってない気がする。

『広目天も増長天も、ちょっとそのままで聞いてくれるか？』

たぶんふたりとも、フルパワーで押さえつけているのだろう。

足をズリズリ踏ん張りながらも、後からやって来た毘沙門天に耳を傾けてくれた。

『ワッツアップ《SUP》兄弟《ブロー》、お疲れ！』

あ、そこは芦萱先生じゃなくて、増長天が答えるんだ。

久しぶりに聞いたな、このファンクな感じ。

『ちょっと、ヴァイくーん。遅かったんじゃない？　戦う仏にあらずの広目天にこんな力仕事を任せておいて、結局どうすることになったわけ？』

あー、広目天ってこういう感じだったわ。

こいつもなんかちょっと、イラッとする感じのヤツだったわ。

『軍荼利明王《ぐんだりみょうおう》に呼ばれてたんだけどよ。もう自動切り替え《フェイルオーバー》は利かないみてぇだから、手動切り替え《スイッチオーバー》しろってさ』

「マジか！」

『Ｙｏ！　リァリー、メーン!?』

『ヴァイくん！　それ、ホントに軍荼利さんの指示なの!?』

軍荼利明王というのは四天王の上長的な仏尊だと、なんとなく推測できたけど。

なにをオーバーする気なのやら、サッパリわからない。

『もちろん、何度も確認したけどよ。今日はマーラを押さえ切っても、扉を吹っ飛ばすぐれぇだから、もう封なんてできねぇだろ。その間にもオドは全国の門からバンバン吸われるワケで、内圧はどんどん上がる一方だ。つまりマーラは今日より明日と、日に日に強くなるばかり。これから1日2～3カ所の門を封じても、意味ねぇって話になってな』

このあたりまでは、みんなもうなずいて聞いていた。

で、どうすることになったわけ？

『それで結局、あの新型ウイルス感染症さえ撲滅できりゃ、オドも激減して異形も減るだろと。オドと異形が減りゃあ門の内圧も下がって、魔道は閉じる。したら、マーラも這い出て来ねぇだろと。こういう話になったワケだけどよ――』

「あー、はいはい。新型ウイルスとマーラの同時出現は、必然だったワケね」

『So、ヴァイラル撃退、マーラも撃退？』

『やっぱりかぁ。だからこんなに不自然なほど、4尊が同時代の同時期にそろったんだ』

どうやら、堤の予想は当たっていたようで。

魔道だかマーラだか知らないけど、結局それらは「彼の禍」が呼び寄せたもの。

とはいえ――。

四天王が全員一体化すれば、世界中のウイルスですら滅することができるの？

それって、滅菌の語源？

なんとかそこまで理解が追いついたのに、それを毘沙門天が一気にひっくり返した。

『――けど、そんなんムリじゃん？』

「えぇっ!? ちょ、ちょっと！」

『なんだよ、亜月』

「なんでムリなわけ!? 普通はそこで『一体化した四天王の力を使って、あの忌まわしき新型ウイルスを消し去る』ってことに、なるんじゃないの!?」

『だから。すでに起こっちまった事象の自動切り替え《フェイルオーバー》はムリ――つまり自然の摂理と時間軸に従って世界が流れている限り、どの角度から干渉してもなかったことにはできねぇって話になったの』

「ちっとも、わかんないんだけど。上の仏にまで話がいってるんなら、四天王にはムリでも、なんちゃら明王なら普通は戦闘能力がインフレしてて、よくわからない力でバーンと消せるんじゃないの？」

『人の話、聞いてたか？　消すこと――つまり「なかったこと」にできないから、手動切り替え《スイッチオーバー》をするんじゃねぇかよ』

「じゃあ、あれだ。ウイルスの特効薬を開発するとか……あ、そうだ。ほら、研究所で働いてる疱瘡神《ほうそうがみ》の八丈を、なんとかすればいいんじゃない？」

『あのなぁ……マーラは待てば待つだけ、強くなるって言っただろ？　明日には押さえ切れずに這い出してくるかもしれねぇのに、なにを悠長なこと言ってんだよ』

だってあんたの説明を聞いたって、ここにいるみんなも首を捻ってるでしょうよ。

本当にデキる人ってね、難しいことでも分かりやすい言葉で説明してくれるモンなの。

『ヴァイくんに変わって説明するよ。なんたって広目天は、教えをもって守護神となる』

「ねぇ、パワード広目天。中に入ってる千絵さんと富広も、大変な状態でがんばってると思うんだよね。悪いけど、話すんなら急いでくれない？」

『……亜月さんて、ぜんぜん変わらないんだね』

あんたらは、それでいいかもしれないけど。

一体化してる芦萱先生とか梨穂とか、そういうヒトの気持ちにもなって考えなさいよ。

『この世界線のままで「明日の朝起きたら、世界から災厄が消えてなくなってました」とはできないって、ヴァイくんは言ってるのさ。だってすでに起きてしまった事象は、夢じゃないんだからね』

「ま、まぁ別に……あたしは夢オチでも、いいんじゃないかと思ってるけど」

ものすごくダメなヒトを見るような視線に、なにも言い返せないでいると。

不意に隣のテンゴ先生が、マーラの腕を押さえつけているパワード広目天を見あげた。

「待ってください。今の話だと『この世界線のまま』では不可能ですが……まさか、他の世界線でならば可能ということですか？」

『あー、惜しい。マルチバース《多宇宙》とかパラレル・ワールド《並行宇宙》とかの話じゃないんだな』

「エ……違う？」

『すでに存在する、他の世界へ移行するんじゃなくてね。簡単に言うと現在の世界を1回全部バラして、希望する未来を一から新しく構築しようってこと。それが軍荼利さんがヴァイくんに指示した、手動切り替え《スイッチオーバー》なんだ』

「一から……世界をすべて、再構築……？　何かひとつの出来事を変えることで、未来が別の方向に『分岐』していくのでは？」

『違う、違う。未来をｉｆで分岐させても、結局いまの「時間軸の延長線」からは外れられないでしょ？　だからとりあえず、この世界線の時空はここで終わりにするの』

「……時空を、断ち切るのですか？」

「うーん、ファースト・シーズン終了って感じかな。そしてセカンド・シーズンを、今の世界と繋がるように完全再構築するのさ。ただし、あの新型ウイルスだけを除いてね』

「そんな、バカな……どこにどの建物があって、誰が住んでいて、ベランダにどんな鉢植えがあったなど……そういうレベルで『世界のすべて』を再構築できるのですか？」

『できるよ。あり余ってる暗黒物質《ダークマター》と暗黒《ダーク》エネルギーを使って、ホログラフィック原理を元に再構築するんだ』

「たとえ江戸川町だけを再構築するとしても、考えられないほどの事象を緻密に再現しなければならないというのに……その範囲を日本、世界、地球全土にまで広げるなど……いくら四天王とはいえ、それは無理難題すぎるはず」

　とりあえずテンゴ先生だけは、少しずつ話を理解してきたみたいだけど。

　あたしや、うしろのタケル理事長やハルジくんたちも、何のことやらサッパリで。

　八田さんとＭ＆Ｄ兄弟が緊張したまま、ライフルを構えているだけだった。

『大丈夫さ。数学の「ｎ＝１のとき○○が成り立つ」ってヤツと、似たようなものでね。身近な時空が完全に再現できれば、そのままドミノ倒し的にすべてが再構築されるから』

え、数学ってそんなに使える科目だったの？

ずいぶん昔に流行った「セカイ系アニメ」にも通じる学問だってこと？

そのわりにはテンゴ先生、あんまり納得していないじゃないの。

「再構築する『すべて』の中には、ヒトの姿形はもちろん、そのヒトが抱いていた感情や、今までの人生で築き上げてきた人間関係まで、すべてが含まれるのですよ？」

『他のことは四天王だけでやれちゃうとしても、そこが再構築の一番難しいところでさ。だからそのあたりは「ヒト同士の深い絆」に頼るしかないんだよ。そのために、守護仏尊と一体化してもらったワケだし』

それを聞いて愕然としたテンゴ先生が、不安そうにあたしを見つめている。

すごく大変なことだけは理解できたけど、時間がないのも事実。

この腕時計が正しければ、ヒト時間ではもうすぐ逢魔時が終わってしまう。

その焦りは、広目天の説明をイライラしながら聞いていた毘沙門天も同じだったようだ。

『なぁ、もういいだろ？　時間がねぇから、世界の手動切り替え《スイッチオーバー》を始めるぞ？』

堤はやれやれといった顔で首を回しながら、ブスブス刺していた戟の手を止めた。

「それ、さっさとやろうぜ。再構築だろうが新築だろうが、おれら3人の関係がバラバラになるはずねーし。たるけんといっしぃも、別に大丈夫だろ？」

『構わずやってくださいよ。どうせ手前らは、どこの世界でも腐れ縁でしょうからね』

『どんなに構築を間違っても、けっきょく堤くんの面倒をみることになるだろうなぁ』

どこからともなく、樽原さんと石谷さんの声が響いたけど。

不安も動揺も感じられず、３人の絆は変わらないようだった。

『那義。あんた、これから起こることの意味をわかっとるんね？』

『え？　まぁ、だいたい……なんとなく』

『分解再構築されても、これだけは絶対に忘れんさんなよ。あんたの体も魂もぜんぶ、未来永劫ウチのもんなんじゃけぇね』

『はいはい。ふたりの魂が、再びひとつになるまで？　共に在ることを誓いますよ』

パワード広目天の中から聞こえてきたふたりの声にも、恐怖は感じられない。

本当に信じ合っていると、何が起こっても動揺なんてしないのだ。

『おい、梨穂！　ちょ、寝てないか!?』

『んあ……？　終わった？』

『よくこの状況で寝られるよな』

『巧海ちゃん。大丈夫だから、安心しなよ』

『……え？　聞いてたのか？』

『巧海ちゃんがカブトムシに再構築されても、絶対に捜し出す自信あるから』

『なんでおれが、カブトムシよ。自分がカブトムシになるってことは、考えないのか？』

『大丈夫。カブトムシの歌を唄って待ってるから、捜しに来てね』

『昆虫ゼリーとか置いておけば、勝手に寄って来そうだけどな』

『どうせなら、スイカがいいなぁ』

本当に梨穂は、芦萱先生にすべてを預けている。

そして芦萱先生は、それが本当に心地よいのだ。

「テンゴ先生……これって、かなりヤバい作戦なんで――ふぇッ!?」

いきなりテンゴ先生の顔が目の前に下りてきて、頬に両手を添えてキスをした。

そしてあたしを胸元に引き寄せ、強く抱きしめる。

「あの……せ、先……生？」

「――忘れないで欲しい。この気持ちもこの記憶も、この触れ合った肌も匂いも」

「いや、忘れようにも忘れられないっていう――かッ!?」

そのまま先生はあたしの首筋に、跡が残るほど強く口づけた。

それが何を意味するのか、わからなかったけど。

膝から崩れないように立っているだけで、精一杯なのは間違いなかった。

「アヅキ。少し痛むが、赦して欲しい」

「いッ――」

テンゴ先生はあたしの首筋に、キスマークと一緒に歯型を残した。

そして少し、震えていた。

「It don't mean nothing《どうってことない》, not a thing《なんてことない》——」

意味はわからなかったけど、先生はなんとか自分を落ち着かせようとしている。

先生が恐れているのは、たぶんあたしを失うこと。

だからあたしの首筋に、マーキングを残したのだ。

「先生、大丈夫ですよ。なんたってあたしたちは、ふたりじゃないんですから」

振り返ると、そこにはみんながいる。

タケル理事長、ハルジくん、八田さんに、マイキーさんとダニーさん。

このユニット「あやかしクリニック」の関係が、壊れてなくなるはずがない。

『おい、おまえら。これを持ってろ。再構築の時、役に立つだろう』

そう言って毘沙門天が配ってくれたのは、さっき撮った記念写真。

みんないい顔で、目も閉じずに写っている。

『よーし！　それじゃあ、世界の手動切り替え《スイッチオーバー》を始めるぞ！　オン・ベイシラマンダヤ・ソワカァ——ッ！』

毘沙門天の突き出した宝塔から、光り輝く梵字《ぼんじ》が飛び出した。

それに応えて、閉じた三鈷杵《さんこしょ》を突き出した増長天が真言を叫ぶ。

『オン・ビロダキャ・ヤキシャ・ヂハタエイ——ソワカァ！』

次に広目天が突き出したのは、書物じゃなくて縄のような物。
『オン・ビロバクシャ・ノウギャ・ヂハタエイ・ソワカ――』
最後に持国天の堤が、決めポーズと共に戟を真横に振った。
『オン・ヂリタラシュタラ・ララ・ハラマダナァァァァ――ソワカァッ！』
四天王それぞれの梵字が、マーラの腕に重なった時。

ぶちゅん――

世界は電源コードを引き抜かれたモニターのように、一瞬で真っ暗闇になった。

ところで、テンゴ先生。
このあとあたし、何をすればいいんですかね。

▽

▽▽

世界――いや、宇宙の再構築だと聞いて、どんなものかと思っていたけど。
真っ暗でなにもない空間なのに、ちゃんと歩いている地面の感覚が足の裏にあり。

真っ暗で見えないはずなのに、一緒に歩いているみんなの姿がはっきりと見える。誰も話していないのに聞こえてくるし、考えるだけで相手にも伝わる。

「テンゴ先生。これが『世界の再構築中』ってことなんですかね」

「おそらく」

「テンゴよォ。この真っ暗の中を歩くだけじゃ、健康になって終わるじゃねェか。一体化したオレら『ユニット・あやかしクリニック』としては、何をすればいいわけ？」

聞こえていないのに脳内に響く、この不思議な感覚。

言ってしまえばその程度で、不謹慎にも少しがっかりしてしまった。

「世界の構造――ハード面の再構築は、四天王がやってくれるという話なので。俺たちはヒトや人間関係や……なんというか、ソフト面の再構築をするのかと」

「えーっ。じゃあボク、ちょっとだけ背を伸ばしたいなぁ」

あ、これはハルジくんだ。

「それは、だめだ。新型ウイルスが存在しないという以外は、元の世界とまったく同じに再構築するべきだ」

「なんで？　それで誰か、損するの？」

「逆だ。俺たちだけが特権を持って、これからの人生を優遇されるべきではない」

「なにそれ。ボクが背を伸ばすぐらい、別にいいじゃん」

「ハルジ坊ちゃん。ヒトはひとつ欲を抱けば、際限がなくなります」

これ、間違いなく八田さんだね。

「大丈夫だよ、ひとつだけって約束するから。背を５㎝伸ばすだけだから」

「３つの煩悩、三毒をお忘れになりましたか？」

「いやいや。これって別に、煩悩じゃないってば」

「欲望にまかせて執着することを、貪欲と申します。そのような三毒のひとつをお持ちのままですと、いずれ異形に飲み込まれてしまいますぞ？」

「……ヤメてよ。わかったから、恐いこと言わないで」

「アニキ。てことはオレが親父《ダッド》に代わって、亜月様の執事になる可能性は？」

「No way, Bro.《ないな弟よ》　オレら、スクワッド《S》・オブ《O》・プリンセス《P》」

「も、もちろん亜月様が地獄に咲く花をご所望とあらば、笑って摘みに行くけどよ」

「おまえたち……今がどういう状況か、わかっているだろうな」

「Ｈｏｏａｈ《フーア》！」

うん、Ｍ＆Ｄ兄弟も一緒に来てくれてるね。

あたしもユニット「あやかしクリニック」として、がんばって再構築しないとね。

なにをすればいいのか、ぜんぜん分かってないけど。

「どうやら、ここから再構築を始めるらしいな」

歩き続けた真っ暗な空間に、ポツリとドアが現れた。

近づいて見ると、それはまさに「あやかしクリニック」入口のドアだ。

「なんだよ、うちのクリニックじゃねェか」

「広目天が言っていただろう。身近な時空を完全に再現できれば、そのままドミノ倒し的にすべてが再構築されると」

「じゃあこのドアの向こうで、いつも通りの生活をすればいいってことか？」

「なーんだ、カンタンじゃん。たっだいまーっ」

一切の迷いなく、最初に駆け込んで行ったのはハルジくんだった。

「ハ、ハルジ坊ちゃん!?　あとに続け《フォロー》、ダニーッ！」

「了解《コピー》」

黒ずくめのダニーさんがライフルに弾丸を装填して、そのあとを追う。

ダニーさんって特別なことを意識しなくても、絶対いつも通りに再構築されそう。

「じゃあオレ、シャワーでも浴びて、部屋で着替えて来るかな」

「マイキー、ついて行け《フォロー》」

「了解《コピー》、親父《ダッド》」

案外マイキーさんは、執事服で現れたりして。

「では、アヅキ。俺たちも、再構築を開始するか」

「お待ちください。わたくしが、先頭を」

内ポケットからナイフを抜いた八田さんも、きっとこのまま変わらないだろう。

なんだか、死に別れるみたいな雰囲気で始まった再構築だけど。

これってホント、緊張感を維持する方が難しいんじゃないかな。

「あれ……テンゴ先生？」

八田さんがドアの向こうに消え、手を繋がれてテンゴ先生の後に続いたはずだったのに。

ドアをくぐったら、そこはあたしの部屋だった。

そして繋いだ手の感触はいつの間にか消え、ひとりになってしまった。

「まずいな……結局あたし、何すればいいか分かってないんだけど」

再構築というぐらいだから、間違い探しをすればいいのかな。

「あ……」

まず気づいたのは、部屋のゲーム機がＰＳ５になっていることだった。

抽選でハズレまくって、まだ買えてないはずなのに——。

と頭で考えただけで、白い「ＰＳ５」は黒い「ＰＳ４」に姿を変えた。

なるほど、そういうことね。

そうやって前の世界と同じになるよう、微調整していけばいいんだわ。

「けどまぁ、他は――」

掛け布団のシーツ柄、カーテンの柄、クッションのへタり具合から小物やアクセサリー、ポーチの中のメイク道具とその減り具合まで、よくもまぁこれほど再現したものだ。

「わりとすることないんだけど、どうすればいいんだろう」

ここでくつろいでも仕方ないし、クリニックの中を見て回ろうと部屋を出ると。

廊下でばったり、ハルジくんに――。

「――あぁ!? なにやってんの、ハルジくん!」

「え――っ!?」

背を伸ばしたでしょ!

しかもそれ、5cm以上じゃない!?

挙げ句にパラメーターを振り間違って、ゲーム開始時のキャラ作成を失敗したみたい。

「ちょっと、そういうのはダメだって言われたでしょ。身長と頭のサイズと手足の長さのバランスが変だし……キャラ作成はヘタなんだから、元《デフォルト》に戻しなさいって」

「なんだよ! あたしはズルしたくせにっ!」

「あたしはズルなんて、あーちゃんだって、してませーん」

スッと差し出された手鏡を受け取り、自分の顔を見て驚いた。

「うぇあ――っ!?」

というより、落胆した。

インスタやプリクラの加工ミスが可愛く見えるほど、異星人っぽい顔になっている。

小顔と目をぱっちりと鼻を高くしすぎて、ハルジくんのキャラ作成下手《べた》が笑えない。

「あーちゃんって無意識では、そんな感じになりたかったんだ」

「そういうつもりは、なかったんだけど……これって、どうやって元に戻すの？」

「スタートが自分の部屋だったから、リセットマラソン《リセマラ》みたいに戻るとか？」

「ねぇ、ハルジくん……この再構築って作業、実はかなりヤバくない？」

「今さら？　だから毘沙門天が、記念写真をくれたんじゃないの？」

「あぁっ、あれね！　確かに、あれ見てたら大丈夫だわ」

「じゃあ、あーちゃん。お互いズルしないように、廊下で待ち合わせね」

女子なんだから、そういう願望は仕方ないじゃないのと思いながら。

部屋に戻って、毘沙門天からもらった記念写真を眺めた。

だよね、これがあたしだよ。

良かれと思って顔をイジって、テンゴ先生に嫌われるのも嫌だし。

念のために部屋の鏡で体も確認して、ちょっと大きくしようと思った胸もそのままに。

廊下に出たら、いつものハルジくんが待っていた。

「うん。やっぱりハルジくんは、そっちの方がいいよ」

「あーちゃんもね」

そんな当たり前のことを再確認していると、向こうのドアが開いた。

2階の奥は、タケル理事長の部屋だ。

「いよーう、キミたち。ちゃんと正直に、再構築したかい？」

「タケル理事長は、ぜんぜん変わりませんね」

「あったり前だろォ？　オレ、この姿でなにも不自由してねぇし」

自慢そうに胸を張っているタケル理事長を、舐めるように全身チェックしたハルジくん。

犬みたいにクンクン匂いまで嗅いでいるのは、タケル理事長のフレグランス確認かな？

「タケさん。サイフ出して」

「え……サ、サイフ？　なにそれ、新手の恐喝《きょうかつ》？」

サイフって――まさか、タケル理事長。

「いいから、出しなってば！」

「いやぁぁぁ――ヤメてぇッ！」

スリもビックリの早業で、タケル理事長のジャケットの内ポケットへ手を突っ込み。

抜き取った「打ち出の小槌型サイフ」を、ハルジくんが逆さまにして振ると。

「なにこれ。タケさん、いつから『福の神』になったの？」

絵に描いたように舞い散る、お札、お札、お札。

それは札束の湯船につかっている、男性週刊誌の広告もびっくりの大金。

どうやらタケル理事長は貧乏神を辞めて、富のあやかしになりたかったらしい。

「……遊ぶカネが欲しかったんだ」

逮捕された犯罪者みたいな供述をして、床にへたり込んだタケル理事長。

ハルジくんはヤレヤレな顔をしながら引き起こし、タケル理事長を部屋へ押し戻した。

「なんで、アイデンティティ《自分らしさ》まで否定するかな。タケさんは今までどおり、貧乏神のままでいいの。じゃなきゃ、縁《えん》切るよ？　わかった？」

「わかったよ……」

パラメーターを振り間違ってキャラ作成を失敗した人に、言われたくないけどね。

顔面加工に失敗したあたしにも、言う資格はないけど。

「ねぇ、ハルジくん。やっぱりこの再構築、ヤバくない？　外見だけじゃなく、心の内面まで再構築しなきゃならないんでしょ？」

「けどボクもあーちゃんも、中身はぜんぜん変わってないじゃん」

「あ、そうだ……なんでだろ」

「お互い、あんまり深く考えて生きてないんだよ。ぜったい反省とか、しそうにないし」

「あ、そうか——って、それじゃただのバカじゃん！」

そんなことを言っている間に、タケル理事長が戻ってきた。

ハルジくんから念入りなボディチェックと質問を受けていたけど、合格したらしい。

「じゃあ、あとはテンゴさんだね」

「テンゴは大丈夫だろ。あいつ天邪鬼だから、何か変えたいと思ってもさ。逆に意地を張って、変えないいんじゃねェの？」

「あたしはテンゴ先生に、変えて欲しいところなんてないですけどね」

そうは言っても、大学受験の天邪鬼っぷりを知ったあとだけに。

逆の逆の逆の——って感じで、なんか斜め45度にズレた変身をしてなきゃいいけど。

そんなことを考えながら1階に下りると、テンゴ先生の部屋は空っぽだった。

「ありゃ。あいつ、もういねぇじゃん。潔《いさぎよ》すぎね？　武士かよ」

「テンゴさんマジメだから、外来の再構築チェックでもしてんじゃないの？」

思った通り、テンゴ先生は外来の診察室にいた。

短髪無造作ヘアで淡麗系のメガネイケメンDr.、白衣姿の新見天護。

ふっと振り返る仕草やふんわり漂ういい匂いまで、ぜんぶ元のテンゴ先生——

「ちょあぁ——ッ!?」

——じゃなかった。

待ったなしで抱き上げられて診察ベッドに寝かされたかと思うと、荒々しくキスされ。

そのまま先生はあたしの首元にある歯型マーキングへ、いきなり舌を這わせた。

「ま、待って、待ってェ——ッ！」

覆いかぶさってきた挙げ句に、気づけばするっと服の中に手を滑り込ませ。

マジシャンみたいに、いつの間にか人の下着を抜き取っている。

「あぁ……俺のアヅキ」

「先生、なにやってんですかッ——ひぃぃぃぃ！」

なんであたしの指を、口にくわえるの！

ここは外来です、まだ陽が沈んだばかりです！

っていうかそこに、タケル理事長とハルジくんが！

「バカヤロウ。おまえ、どんだけ生まれ変わりたいんだよ」

ぐいっと白衣の襟を握り、タケル理事長がテンゴ先生を引き離してくれたけど。

それでも逆らうテンゴ先生の手首を、反対側からハルジくんが関節技で捻り上げた。

「テンゴさん。それもう、犯罪行為だから」

「放してくれ！　俺はこれを機会に、自分に素直な天邪鬼に生まれ変わったのだ！」

「なんだその『素直な天邪鬼』っていう、アンビバレント《相反》なキャラは」

「タケさーん。そっちの脚を持ってくれるー？」

「わかっ——くそっ！　さすが、鬼だな！　いざとなったら、こんなに力強いのかよ」

「ちょっとテンゴさん、めんどくさい！　八田さーん！　八田さん、いないのーっ！」

「お呼びでしょうか、ハルジ坊ちゃん」

シャッと診察室に現れた執事服の、ＴＨＥ《ザ》爺や――八田さん。

その後ろにはいつものように、全身黒いフル装備のＭ＆Ｄ兄弟が立っていた。

「八田さんたちは大丈夫だよね？　なんか、変な再構築してないよね？」

「我々は亜月様を含め、クリニックの方々に仕える絶対従者。魂の一滴にいたるまで、なにひとつ変わることはございません」

八田さんとＭ＆Ｄ兄弟、そういうところはすごいと思う。

自らを律しないと、こういう仕事には就けないんだろうなぁ。

「だったら、さっさと止めに入ってくれれば良かったのに」

「大変申し上げにくいのですが……亜月様が、その……まんざらでもないのかと」

すいませんね、まんざらでもなくて。

そういうところまで、見透かさなくてもいいですから。

「では、テンゴ院長先生。失礼をば――」

乱れた服と髪を直している間に、暴れるテンゴ先生は部屋に強制連行され。

診察室に戻ってきた時には、今まで通りの淡麗系イケメン白衣に戻っていた。

「さて。みんな、再構築は終わっただろうか」

「清々しい顔しててんじゃねェよ。おまえが一番、手間かかったんだよ」

「す、すまない……その、気づいたら……こう、止められないパッションに支配され」

『コラァ——ッ！　早《はよ》うせんかァ！』

この声は毘沙門天。

ということは外の世界っていうか、地球？

あたしたち以外の物は、再構築が終わったのだろうか。

「千絵さんたちとか、他の人たちは終わったの？」

『とっくにな！　おまえらだけだぞ、そんなにバカっぽいことでモメてんのは！』

「これって、時間制限とかあるの？」

『あるに決まってんだろ!?　仏力場《ぶつりきば》を維持すんの、大変なんだぞ！』

「なにその、仏力場って」

『教えない。バカに説明するだけ、時間のムダだから』

「ハラ立つなぁ……」

けどまぁ、いいか。

なんか失敗してたらその仏力場とかいうヤツで、もう1回やり直せばいいだけなんだし。

『二度目はないからな』

「い――ッ！　なんで⁉」

『劣化《れっか》コピーになるんだよ。この説明なら、わかりやすいか？』

「えっ、えっ⁉　それ、ヤバくない⁉」

ヤレヤレとため息をつかれたけど、それどころではない。

もしテンゴ先生の中身が、再構築する前と後で何か少しでも変わっていたら。

特に、あたしに対して変わっていたら――。

次に会う時、テンゴ先生とあたしは、ただの院長と医療事務になっているかもしれない。

それどころか、このクリニックに就職していないかもしれないのだ。

「せ、先生！　あ、あたしのこと、どう思ってます⁉」

「どうした、急に」

「いいから、答えてください！　あたしのこと好きですか？　愛してます？　結婚しようと思います？　将来、子供は何人欲しいと思ってます？　老後はどうします？」

「いや、あの……エ？」

「だって再構築をミスったら、あたしたち大変なことになるんですよ⁉」

ヤメてよみんな、そんな目で見るのは。

正直に謝ります、コトの重大性を十分に理解していませんでした。

「それはそうだが……その、俺は変わらず……アヅキのことを」

「待って、待って！　先生って、そんな感じでしたっけ？　なんか変わってませんか⁉」

「いや。なにひとつ、気持ちは変わっていないと思うが」

「思うが――って、歯切れ悪くありません⁉　覚えてますか？　千葉の里山で青いお花畑を見たこととか、葛西臨海公園に行ったこととか」

「もちろん、覚えているが」

「あの時、どんな気持ちでした⁉　なにを考えてました⁉」

ヤバいヤバい、これはヤバいって。

今まで築き上げてきたものが、次の瞬間からリセットされるかもしれないなんて。

みんなは元通りなんだよね、ぜんぶ覚えてるんだよね？

タケル理事長はチャラいバブル貧乏神で、ハルジくんは世話の焼ける弟系ゲーマー座敷童子で、八田さんはイケオジ執事無双で、M&D兄弟はミリタリー絶対従者だよね？

大丈夫だよね、またあの日常に戻れるんだよね？

新型ウイルスだけが、いなくなるだけなんだよね⁉

それに今ごろ気づくあたしは、まったくどうかしてるよ――バカァァァッ！

「大丈夫、それがアヅキだ――」

そんな心の叫びを聞き取ってくれたのか、テンゴ先生が優しく抱きしめてくれた。

先生の感触も、先生の匂いも、消えてなくなったりしませんよね？

ダメだ、もう泣きそうなんだけど。

「──アヅキがどこかへ去って行ったとしても、俺のことを忘れていたとしても、大嫌いになっていたとしても。俺は必ずアヅキを捜し出し、俺を思い出させ、再び愛してもらうために、どんな努力も惜しまないだろう」

「せ、先生……」

「俺の長い人生で。アヅキと出会ったあの日からの時間だけが、今も心で輝いている。その記憶だけは、永遠に変わらないだろう」

「ど、どうやったらあたし……テンゴ先生との思い出をひとつも忘れずに、この気持ちをひとつも間違えずに……新しい世界でもう一度、先生と出会えますか？」

「広目天が言っていたことを思い出すんだ。最初が成り立てば、そこから先はドミノ倒しのように成り立っていくと」

あたしとテンゴ先生の最初──。

それさえ忘れなければ、それさえ思い出していればいいはず。

『おい、おまえら！　もう限界だ！　再構築を終わらせるからなぁ！』

「うぇーい、お疲れー。もう３密とかマスクとか、気にしなくてもいいんだろ？　帰ったらみんなでパーッと、駅前の『禅』へ飲みに行こうぜ」

『待てコラ！　そこまでコトは終わってねぇから！』

「タケさん……まさかまた、こっそり福の神に」

「なってねぇよ！　どうせオレは、貧乏神がお似合いなんだよ！」

「ハルジ。タケルは何を？」

「テンゴは知らなくていいんだよ！　おい、毘沙門天！　さっさと終了しろってば！」

『おまえら……見事に再構築してて、泣けてくるな』

みんなは、今まで通りに戻れる自信があるのだ。

今までの思い出や気持ちを、全部そのまま持っていける自信があるのだ。

けどあたしは、どうすれば。

あたしとテンゴ先生の始まり、あたしたちのスタート地点は——そうだっ！

「ぜひ、お世話になりたいと思います！」


「……アヅキ、どうした？」

江戸川駅の西口から徒歩10分。

自宅アパートへ帰る途中の閑静な住宅街に、あんなクリニックがあるのを初めて知った。

外観はリノベーションしたのだろうけど、造り自体の古さは隠せてない。

一戸建ての1階部分を増築して病院にした、田舎でよくみかけるスタイル。

でも狭い庭先の樹木は丁寧に整えられていて、清潔感はある。

それが「あやかしクリニック」であり、あたしとテンゴ先生の始まり。

あたしたちのスタートは、あの面接からだ。

「医療事務の経験はありませんが、がんばりますのでよろしくお願いします！」

「ふはっ。そうか、そうだったな――」

テンゴ先生も、あの日の面接のことを覚えてくれていた。

あたしの人生で、一番幸せな時間――それは、あの日から始まったのだ。


「――こちらこそよろしく、My sweetheart《マイスウィートハート》」


その優しいキスで、新しい世界が始まる。

あんなウイルスが存在しない世界――。

それは世界中の人たちにとっても、最大公約数の幸せかもしれないと思った。

【エピローグ】

土曜日は決まって、テンゴ先生と一緒に買い出しへ出かける曜日になっていた。

ただしそのルートは、テンゴ先生が決めることになっているらしい。

それが再構築された世界での、ルールだった。

「先生。なんで今日は、このドラッグストアからなんですか？」

「ここはアヅキの好きなファンタ・オレンジが、江戸川町駅周辺で一番安いから」

駅前のパチンコ屋さん跡地にできた新しめのドラッグストアで、薬や洗剤なんかじゃなく、卵とキムチとあたし用のファンタ・オレンジを買った。

歩きながら眺める江戸川町の景色も、以前となにひとつ変わらないように見える。

先生が次に向かったのは、イオンだった。

「で、イオンの狙いは？」

「今日は『0』の付く日。ソーセージでも買って、明日はホットドッグにしようかと」

まだお昼前の、午前11時とはいえ。

土曜のイオンは家族連れから老夫婦まで、わりとぎっしりの人で賑わっている。

もちろん誰も、マスクなんてしていない。

入口には手指消毒用のアルコールなんて置いてないし、フードコートのテーブルは間隔を空けることなく並べられているし、レジにもビニールカーテンなんて設置されていないし、床にも整列位置を示すテープも貼られていない。

世界は本当にあのウイルスだけを除いて、完璧に再構築されていた。

「不思議ですね。この中に、新型ウイルスのことを知っている人がいないなんて」

「そうだな」

テンゴ先生がぼんやり眺めていたのは、エスカレーター横に貼ってあるイベント情報。

4階の未来屋書店前にあるイベントスペースも、あの頃に戻っているようだった。

「あ……これ、見ていきます？」

「きっと、嫌がるのではないだろうか」

どうやら休みの日には、趣味でバルーンアートや大道芸を披露しているらしく。

その貼り紙には「八丈清来《せいらい》・パフォーマンス・ショー」と書いてあった。

「都立感染症研究所に勤めている八丈も、知らないんですよね？」

「そうだな。あの感染症が存在した時空は、すべてあそこで途絶えた」

「じゃあ八丈も、再構築されたんですよね」

「そうだ。何もかもが、俺たちからドミノ倒しのように」

そのままテンゴ先生と手を繋ぎ、イオンを出ると。

聞き覚えのある声に、呼び止められた。

「ちょっと！　テンゴせんせーと、ナナアヅじゃない!?」

振り返るとそこには、前下がりのボブにした眉上のショートバングが似合いすぎる、小学校1年生になった葵《あおい》ちゃんと。

「こら、葵。オトナの人に友だちと同じように話しかけちゃ、ダメだって」

顔だけ見ればわりと葵ちゃんと似ている、マッシュルームを思わせるサラサラでウェービーなショートボブが似合う、高校生の司《つかさ》くん。

そして橋姫《はしひめ》のクォーターであるお母さんが、3人そろってお出かけのようだった。

「ナナアヅは、イオンでおかいもの？」

「そうだよ。葵ちゃんは？」

「いまから、おすし食べにいくの」

「えっ、いいなあ」

「いいでしょ。ちょーしまる」

「あそこの『あら汁』、おいしいんだよなぁ……」

「それは、むりょーのヤツでしょ。あそこは『海老《えび》アボカドロール』がおいしいんだから、おぼえておけば？」

「あたしは『サーモン西京炙《さいきょうあぶ》り』かな」

「まぁ……ナナアヅにはまだ、おすしはむずかしいか」

たぶん行船公園を超えて、船堀街道を歩いて行くとある「すし銚子丸」のことだろう。

そんな自慢そうな葵ちゃんの頭をポンポンと撫で、テンゴ先生が微笑んだ。

「そうか。では今度、アヅキと一緒に行った時に食べてみることにしよう」

「テンゴせんせーには『とろびんちょう』が、おすすめだよ」

「そ、そうか。ありがとう」

なんで先生にはキッチリ大人向けメニューなのか不思議だけど、これこそ葵ちゃん。

ヒトの隅々まで、元の世界通りに再構築されている証拠だ。

「ばいばーい！」

元気に手を振る葵ちゃんと、はにかみながら手を振る司くんを見送り。

クリニックへ帰るためにまっすぐ歩くと、スポーツセンターの前にさしかかった。

世界を再構築する前に、頭をよぎったことがある。

嵩生兄ちゃんが生きている世界——。

小袖《こそで》と羽織《はおり》姿で、竹刀《しない》袋を背負い。

遠目にもわかるハーフアップで後ろに束ねた、ハリウッド俳優しか似合わないようなロングヘアが風になびいている姿が、この体育館から出て来る世界も考えた。

ヒトをひとり生き返らせた——というより死ななかったことにして、誰が損をするのか。

誰にも言わずに、黙って再構築すればいい。

ごめんなさい「つい思わず」考えてしまっただけなんです、と謝ればいい。

それに再構築してしまえば、やり直しはもう二度とできない。

その時、テンゴ先生の言葉があたしを止めた。

——俺たちだけが特権を持って、これからの人生を優遇されるべきではない。

現実に逆らって生き返らせたい人がいるのは、あたしだけじゃない。

それなのに、あたしだけ「特権」で「例外的」にやっていいはずがない。

できるけど、やるべきじゃない——たぶんこれを、倫理と言うのだろう。

「どうした、アヅキ」

「あ、すいません……ちょっと、考えごとを」

「嵩生くんか」

「え……？」

先生も立ち止まって、スポーツセンターの体育館を眺めている。

「アヅキは立派な判断を下した。それを、とても誇らしく思う」

「そう……ですかね」

頭を軽くぽんぽんされて、ちょっと葵ちゃん扱いされたような気になったけど。

それでもあたしは、やはりあの判断で間違っていなかったのだと確信した。

「はたして俺なら、踏み止《とど》まれただろうか……」

そうつぶやいてスポーツセンターを過ぎると、クリニックまではあの角を曲がるだけ。

でもその手前の家電量販店の前に、ベビーカーを押した柚口刑事がいた。

乗っているのは、もうすぐ2歳になる朝陽くん。

もちろん隣には猩々《しょうじょう》の夏蓮さんがいるのだけど、このお腹が出た感じには見覚えがある。

「ちょーっと、先生と亜月ちゃんじゃなーい？　なに、なーに？　ご近所デート？」

「夏蓮さん……そのお腹って、もしかして」

「えー、それジョーク？　もう、8ヶ月なんだけど。次の妊婦健診《にんけん》、来週なんだけど」

やはりどう見ても、夏蓮さんの細めで筋肉質の体型ではないと思った。

キチンと再構築された世界では、夏蓮さんの第2子は当然のことだろう。

「今度は、大手町《おおてまち》で産気づかないでくださいね」

「ヤダ。恥ずかしいから、そろそろ忘れてよー。ねぇ、知也《ともや》くん」

こういう細かいところまで、キチンと再構築できているのに。

なんであたしだけ、こうなっちゃったかなぁ。

「七木田先生！　朝陽くんに続き、夏蓮さんをどうぞよろしくお願いします！」

「あ、あぁ……柚口刑事。だ、第2子の名前は……もう、決めたのかな」

ですよね、気まずいですよねテンゴ先生。

かなり後ろめたいですよね、せ・ん・せ・い。

「いえ、まだです。ご迷惑でなければ、七木田先生のお名前である「天」か「護」のどちらか一字を、拝借したいと考えているのですが」

「お、俺の字……など、おこがましいのでは……」

なにが引き金になったのか、全然わからないんですけど。

絶対これ、テンゴ先生の再構築ミスだと思うんですよ。

「ほらほら、知也くん。先生、困ってるじゃーん。こういうのは、黙ってればいいの」

「しかし、どのみち乳児健診でお世話になる時——」

「すいませんねー。ウチの知也くん、マジメすぎて。ほら、行くよ。お邪魔だから」

深々とお辞儀をしている柚口刑事の背中を押し、夏蓮さんファミリーは駅方面へ。

あたしたちは角を曲がり、あとはクリニックへ帰るだけなんだけど。

「先生。なんでこうなったんですかね」

「エ……？」

「たぶん、あたしのミスじゃないと思うんですよ」

「しかし、再構築が始まる直前に……アヅキが、その……あんなことを言うものだから」

「確かにパニくって、叫びましたけども。これはちょっと、ひどいんじゃないですかね」

「しかし、アレを聞かないふりはできず……その、なんというか……無意識に」

見慣れたクリニックの前に帰って来るまで、テンゴ先生は激しく動揺していた。

あたしは、といえば。

嬉しい、恥ずかしい、なんてことだ、なんでそうなるの——を繰り返している。

やり場のない居心地、と言えばいいだろうか。

そんなビミョーな空気が流れる中、クリニックの前には白い軽トラックが止まっていた。

あたしたちに気づいたのか、降りてきたのは三吉鬼の三好さんだ。

「テンゴさーん。看板の掛け替え、今日で良かったんだよねー？」

「あ、あぁ……そうだったな、三好さん。手間をかけて、すまない」

相変わらず力持ちにも程がある三好さんは、クリニックの表記診療時間や院長名などの入った新しい看板を、トラックの荷台からひとりで抱えて降ろしてしまった。

運送業を中心に、他の事業も手広く展開し始めた三好さん。

内装や看板なども好調で、このあたりの再構築も完璧だというのに。

「でも、テンゴさーん。なんで看板、結婚してすぐに掛け替えなかったのー？」

そう――再構築した世界で、あたしたちはすでに結婚していたのだ。

「それは……まぁ、なんというか……ノスタルジアというか、ファンタジアというか」

確かに再構築を終了する直前、あたしは激しくパニくって動揺した。

もしテンゴ先生の中身が、再構築する前と後で何か少しでも変わっていたら。

特に、あたしに対する気持ちが変わっていたら――次に会う時、テンゴ先生とあたしは、ただの院長と医療事務になっているかもしれない。

そしてバカみたいに、先生に詰め寄ったのだ。

――あたしのこと好きですか？　愛してます？　結婚しようと思います？

再構築終了直前にそんなことを叫ばれたら、そりゃあ先生も考えますよね。

脳裏を横切るどころか、鼓膜から直接脳へ言葉が刺さりますよね。

「だからって、だからって――」

「ア、アヅキ？」

「――結婚式の手前で再構築しても、よかったんじゃないですかねぇ！」

「そ、そのことについては……」

「えぇ、確かにね！　那須高原のセント・ミッシェル教会で、ふたりきりのそういう儀式っぽいことはしましたよ!?　ですがね、女子としてはですねェ！」

いろんな式場を下見して回って吟味したいじゃないですか、わけもなく「ゼクシィ」が読みたいじゃないですか、ウェディングドレスだって着たいじゃないですか、披露宴だってしたいじゃないですかァ！

なんかみんなに祝福されながら「あぁ、あたしも結婚したんだなぁ」って――しみじみと、実感したいじゃないですか！

それがもう写真とビデオにしか残ってないって、どういうことですか！

「……アヅキ、三好さんも驚いているし」

「それなのに、それなのに……挙げ句に、何でこうなるんですかァ！」

三好さんの持って来た新しい看板の、表記診療時間の下に書いてある衝撃の文字。

院長　七木田天護

「なんで先生が、七木田に婿《むこ》入りしてるんですか！」

「いや、それは……アヅキが毘沙門天で、実家がお寺となればだ。眷属となった天邪鬼が七木田の姓《せい》を名乗るのは、当然のことだと思うが……」

なんか違う、ちょっとずつ違う！

でも、すごく嫌ってワケじゃない！

それどころか色んな手順や葛藤をスッ飛ばして結婚できて、嬉しいですね！

「嬉しいですけども――」

そこでテンゴ先生に抱き寄せられ、唇を唇で塞がれた。

そういう会話の遮《さえぎ》り方、ズルいですよね。

ゆっくり離れていく吐息が、すべてをどうでもよくしてしまう。

「……というのは、実は言い訳なのだが」

「えっ？　じゃあ、なんで七木田の姓に？」

ふふっと笑っただけで、テンゴ先生はそれに答えないまま。

看板の掛け替えを、三好さんに指示し始めた。

「では、三好さん。すまないが、古い看板は破棄してもらえるだろうか」

「いいよー、七木田テンゴさーん。あとは、やっておくねー」

「ちょ、三好さんまで！」

「そうか。では、よろしく」

「先生!?」

テンゴ先生は満足そうに背を向けて、入口のドアを開けた。

なになに、何を言いかけたまま去ろうとしてるの！

「七木田さーん。テンゴさんのコト、ひとつ忘れてない？」

「忘れてる？　あたしが先生のことを？」


「テンゴさん、天邪鬼だからね」


入口で立ち止まり、勝ち誇ったように振り返ったテンゴ先生。

そう──あたしたちは、毘沙門天と天邪鬼の夫婦になった。

院長と医療事務の関係から、次のフェーズへ移行したのだ。


つまり、これからは。

また新しい、別の物語が始まるかもしれないということだ。

この作品は、小説投稿サイト「エブリスタ」に掲載されていたものに、加筆修正しております。

この物語はフィクションであり、実在する個人・団体等とは一切関係ありません。

光文社文庫

江《え》戸《ど》川《がわ》西《にし》口《ぐち》あやかしクリニック6　幸《しあわ》せな時《じ》間《かん》

著者　藤《ふじ》山《やま》素《もと》心《み》

2021年5月20日　初版1刷発行

発行者　鈴木広和
印刷　萩原印刷
製本　ナショナル製本

発行所　株式会社　光文社
〒112-8011　東京都文京区音羽1-16-6
電話（03）5395-8149　編集部
8116　書籍販売部
8125　業務部

ISBN978-4-334-79194-0　Printed in Japan

組版　萩原印刷

光文社キャラクター文庫　好評既刊

- 天《アメ》ノ狗《キツネ》　芳納《よしの》 珪《けい》
- 荒川乱歩の初恋　高校生探偵　阿野《あの》 冠《かん》
- いみず野ガーデンデザイナーズ　ワケあり女子のリスタート　蒼井《あおい》湊都《みなと》
- いみず野ガーデンデザイナーズ2　真夏の訪問者たち　蒼井湊都
- 営業の新山さんはマンションが売れずに困っています　タカナシ
- 江戸川西口あやかしクリニック　藤山素心《もとみ》
- 江戸川西口あやかしクリニック2　アーバン百鬼夜行　藤山素心
- 江戸川西口あやかしクリニック3　私の帰る場所　藤山素心

光文社キャラクター文庫　好評既刊

碧空《あおぞら》のカノン　航空自衛隊航空中央音楽隊ノート	福田和代
群青のカノン　航空自衛隊航空中央音楽隊ノート2	福田和代
薫風のカノン　航空自衛隊航空中央音楽隊ノート3	福田和代
ことぶき酒店御用聞き物語	桑島《くわじま》かおり
ことぶき酒店御用聞き物語2　ホテル藤の縁結び騒動	桑島かおり
ことぶき酒店御用聞き物語3　朝乃屋の結婚写真日和	桑島かおり
ことぶき酒店御用聞き物語4　サクラリゾートのゴシップ	桑島かおり
ことぶき酒店御用聞き物語5　湖鳥温泉の未来地図	桑島かおり

光文社キャラクター文庫　好評既刊

社内保育士はじめました　貴水《たかみ》玲《れい》

社内保育士はじめました2　つなぎの「を」　貴水玲

社内保育士はじめました3　だいすきの気持ち　貴水玲

社内保育士はじめました4　君がいれば　貴水玲

社内保育士はじめました5　ぜんぶとはんぶん　貴水玲

千手《せんじゅ》學園少年探偵團　金子ユミ

千手學園少年探偵團　図書室の怪人　金子ユミ